講談社文庫

黄砂の籠城(上)

松岡圭祐

JN259038

講談社

◉目次

の籠城

上

黄砂の

この小説は史実に基づく

二〇一七年三月二十七日、月曜　北京市東城区

インターネット依存症が正式に病気として認定されている。ここはそんな国だった。治療のための専用施設すら各地にある。

北京に出張した櫻井海斗《さくらいかいと》は、胃の痛みを紛らわしきれずにいた。ネット依存症というわけではない。横浜本社の営業部長から十数通ものメールが送りつけられている。是が非でも取引をまとめろ、どれもそんな内容だった。実現は困難といわざるをえない。ＩＴ関連の新技術で巨額の儲けが期待できるというだけでは、先方の重役エリック・チョウを説き伏せられない。

チョウはイギリスと中国のハーフで、ケンブリッジ大学を卒業後、阿里巴巴《アリババ》集団《グループ》の成長に貢献した人物だった。儒教に基づく倫理観を重視し、ネット依存症を増加させるだけの商業第一主義をよしとしない。すでにアメリカやドイツ、イタリアの企業が同種の契約を断られている。

ところが最近になり、先方から唐突に連絡があった。チョウがひとりで会うと伝えてきた。耳を疑う事態だった。多忙極まるチョウが、一企業の営業マンと面会する気になるとは。櫻井は半信半疑ながら北京へ飛んでいた。

場所は天安門広場近くの四つ星ホテル、北京東交民巷《とうこうみんこう》飯店だった。ノスタルジックな西欧情緒がいろ濃く残る街並み、その一角にある。ホテルの外観は東南アジアでよく見かけるコロニアル様式だが、内装は北欧風でモダンだった。フロントで名を伝えると、チョウ様がスイートでお待ちです、そう告げられた。

広々とした応接室で、櫻井はチョウと向かいあった。たしかに洋の東西が半々に混ざった顔つきの四十代、それがチョウという男の第一印象だった。紳士的な振る舞いのなかに気さくさをのぞかせる。チョウは英語で挨拶してきた。櫻井も英語で応じた。

ソファで身を硬くしながら、櫻井は売りこむテクノロジーについて詳細に説明した。チョウは腕時計に目を落とすしぐさも見せず、熱心に耳を傾けているようすだった。

最後に中国政府が定める規制について、どのように対応するかを付け加えた。沈黙がおりてきた。

　チョウはくつろいだ態度をしめしながら、流暢な英語でいった。「この国の政府と《イッツオーケイトゥ》恋に落ちるのはいっこうにかまわない話だが、けっして結婚してはいけない《フォーリンラヴウィズザガバメントオブディスカントリーバットユードベターノットゲットマリッドトゥゼム》。それが会長の方針です。規制についてお気遣いいただかなくとも、わが社が一歩を踏みだす勇気を持てないことなどありえませんよ」

「恐縮です」櫻井は心から応じた。

「ところで櫻井さん」チョウがきいてきた。「中国語のほうは？」

「残念ながら不勉強でして。なんとか話せるのは英語だけです」

「LとRの発音をきちんと使い分けておられる。遺伝ですか」

　櫻井は戸惑いがちに口をつぐんだ。遺伝。どういう意味だろう。

　チョウの顔にはまだ笑いが留まっていた。「見積もりの作成や契約内容のすり合わせは、いつ始められますか」

「えっ」櫻井は思わず声をあげた。

「実務上の書類作成に取りかかりましょう」

　心臓が喉もとまで跳ねあがるぐらいの驚きだった。信じられない、半ば茫然としながら櫻井はきいた。「契約していただけるんですか」

「もちろんです」チョウはあっさりとうなずいた。「意外でしょうか」

「ええ。率直にいって、難しいと思っていたので」

「きっとネット依存症の問題も解消しつつ、開発に向かえるでしょう。あなたに限らずプロジェクトチームの方々も、素晴らしい人格者ばかりと推察します。日本人は礼儀正しく、気遣いに満ち、親切で、知性に溢れています。思いやりと正義感もある。あなたと会って、それらが事実とたしかめられた」

ふと胸にひっかかるものがあった。妙な気分がこみあげてくる。櫻井はチョウを見つめた。

チョウが列挙した褒《ほ》め言葉は世辞にちがいない。ただ最近、日本のテレビでよく喧伝される謳《うた》い文句にそっくりだった。他愛もないことであっても、外国人に日本人の長所を語らせる趣向の番組が多い。

ひょっとしてこれはチョウのテストだろうか。日本人がうぬぼれがちな国民性について手放しに称《たた》える。そのうえで、櫻井が根拠もなく受容するか否か見極めようとしているのでは、そうも思えてきた。

チョウの顔に疑問のいろが浮かんだ。「どうかされましたか」

「いえ。まったく失礼な詮索なのですが……。国に自販機が溢れているのは平和と技術力の証《あかし》だとか、電車が遅れないとか、水道水が飲めるとか、そのあたりのお話になるのではと」

　しばしチョウは面食らった表情を浮かべていたが、やがて弾《はじ》けるように笑った。あまりに愉快そうに笑うため、櫻井の困惑は深まった。

「ああ」チョウがいった。「国内向けプロパガンダとして流布《るふ》されがちな、大衆受けを狙った民族性分析ですか。自国民に都合のよい美点ばかり挙げ連ねるのは、むしろこの国の得意わざですよ。思い立ったらなんでもやるとか、紙、漢字、絹、火薬、味噌、豆腐、醬油を発明したとか、文化遺産が多いとか」

　櫻井は苦笑した。「同じです。乾電池やカラオケや青いろダイオード」

「なるほど。しかし私が拠《よ》りどころとしているのは、そんな安易かつ表層的な事例ではないんです」チョウは窓に目を向けた。「この近辺をご存じですか」

　レースのカーテン越しに外の風景が眺められる。来たときにも思ったが、古風にして瀟洒《しょうしゃ》な洋式建築が目につく。櫻井は答えた。「ヨーロッパ調の街並みですね」

「十九世紀末、各国の公使館があったのです」チョウが櫻井を見つめた。「あなたの高祖父もおいででした」

　にわかに緊張が走る。櫻井はチョウを見かえした。チョウは悠然とした態度を崩さなかった。

櫻井はきいた。「私の身の上でもお調べになったんでしょうか」

「気を悪くなさらないでください。海を超えビジネスパートナーになろうというのですから、相手のことはよく知っておきたいと思ったのです。ただ、非公開の情報まで掘りかえすわけではありません。ごくありがちな身上調査です。その過程で興味深いことがわかりましてね」

高祖父とチョウはいった。曾祖父のさらに父のことか。陸軍の軍人として北京に赴《おもむ》いたと、むかし祖父からきかされた。しかしそんな話を持ちだされても、櫻井にはしっくりこなかった。高祖父の働きもまるで知らない。

櫻井はチョウを見つめた。「私の高祖父がここでなにをしたか、ご存じなんですか」

「日本ではやはり、軍人の家系が功績を代々語り継ぐ伝統は失われているのですね。悲劇的な歴史もあったから無理もない」

「あのう。高祖父がなにを成し得たか知りませんが、血統だからといって特別視されるようなことは、私には……」

チョウは首を横に振った。「あなたが櫻井隆一《りゅういち》という人物の玄孫《やしやご》だから贔屓《ひいき》するとか、そんなつもりは毛頭ありません。ただあれは、日本人の本質が浮き彫りになった歴史上の一大事だと思うのです。戦後の色眼鏡で見られがちな昨今の価値観とも異なる、あなたがた日本人の真の姿ですよ。私はそう信じます」

櫻井は笑ってみせた。「いましがた国民性でひとくくりにするなんてナンセンスだと、双方合意に達したものとばかり思ってましたが」

「おっしゃるとおりです。どの国にも有能な人とそうでない人がいるでしょう。だからこうしてお会いした。あなたの話す内容と、話し方に垣間見える人格により、仮説が裏付けられたのです」

「はあ……」

「断っておきますが、私のようなただの外国人が褒めているのではないのですよ。かのサー・クロード・マックスウェル・マクドナルドが保証しているのです。日本人こそ最高の勇気と不屈の闘志、類稀《たぐいまれ》なる知性と行動力をしめした、素晴らしき英雄たちであると」

少々ついていけないところがある。チョウは歴史フリークなのだろうか。櫻井は穏やかにいった。「マクドナルドといわれても、ハンバーガーぐらいしか……」

チョウは気を悪くしたようすもなく告げてきた。「イギリス史における伝説的人物です。初代駐日公使で大使でもあったので、日本にも馴染みが深いはずですが、やはり大戦を経て、美談も語り継がれにくくなったのでしょう」

「買いかぶりすぎではないでしょうか」

「いいえ。あなたの能力や御社の技術力はたしかなものです」チョウは身を乗りだしていった。「そのうえで私に最後のひと押しをさせたのは、あなたがたが日本人だという事実です。マクドナルド卿ひとりの言葉ではなく、埋もれがちな歴史の一ページに証明されているのです。櫻井さん。私はあなたがたと仕事がしたいのです。日本人であるあなたがたと」

櫻井はホテルをでた。予定時間を大幅に超過していた。すでに紅いろの西日が射し、行き交う車両に長い影をひきずらせていた。V系ファッションの十代らが通りを横切り、いまや行楽スポットに改装された旧北京駅方面へと足を運ぶ。正陽門をくぐれば、下町に軒を連ねる飲食店がさかんに賑《にぎ》わう、そんな時刻だった。

だが櫻井はひとり流れに逆らい歩を進めた。東交民巷と呼ばれる、ひっそりとしたアカシアの並木道を歩いた。

日本公使館は跡形もない。建物自体、別の場所へ移築されたとチョウがいっていた。

いまになってぼんやりと思いだした。歴史の教科書にも数行の記述がある。ただ高祖父と結びつけて考えたことはなかった。チョウの家系はこの東交民巷で起きた事件とは無関係だ。にもかかわらずチョウは二時間以上にわたり熱く語った。柴五郎《しばごろう》を知っているかとチョウはきいた。西洋で広く知られた最初の日本人だと強調した。櫻井の高祖父は柴と行動を共にしたらしい。

排外主義、貧困、テロ、宗教など、この事件の背景にある諸問題は驚くほど現代社会と共通する。当時を深く考えることで、むしろ将来的な解決策を見いだす参考となりうる。

夕闇迫る街角に足をとめ、櫻井は空を仰いだ。淡い雲がいまにも消えいりそうだった。高祖父らの勝ち得た信頼が、ここ現代において実を結んだ、端的にいえばそんな一日だった。櫻井のなかで感情の潮《うしお》がのぼりだした。与えられた機会を生かさねばならない。これは安易に語られがちな愛国心とは異なる。自分の血となり肉となるすべてだった。おそらくすべての日本人が内包する、なにものにも代えがたい財産だろう。歴史の断絶によりほとんど忘れられた記憶。だが過去に触れることで、いままで自覚していなかった強さを発揮できる。

そう、この事件について真相を知れば、誰にとっても道が開ける。櫻井はそう思った。日本人なら誰もが。

一九〇〇年、明治三十三年。北京——

この物語の登場人物は実在する。

1

四月というのに、夏の盛りに似た陽射《ひざ》しが高原に照りつける。傾斜の険しい山野に明暗が入りくんでいた。緑は鮮やかなものの、少しも目に沁《し》みなかった。

市域を少し離れると、もはや民家ひとつ見当たらない。汾《ふん》河《が》の支流、楊興河が緩やかな曲線を描いている。岸辺では枝垂《しだ》れ柳が微風に揺れていた。

十七歳の関本《せきもと》千代《ちよ》は、優美な自然を堪能《たんのう》する気になれなかった。わき目もふらず歩きつづける。心に余裕がないからだった。

千代は生まれたときから束髪、イギリス結びに馴染《なじ》んでいた。母の世代とちがい髪型に難儀はしない。けれども西洋のドレスとヒールつきの靴には、いまだ腐心させられる。

和服帯の締めつけは我慢できても、コルセットを装着して砂時計のような体型を維持するのは、やはり窮屈の極みだった。ヒールも歩きにくい。竹馬に乗っているかのごとく、ふらついて仕方ない。

先に歩を進める母、節《せつ》が日傘ごと振りかえった。「早くいらっしゃい」

さも優雅な振る舞いを装《よそお》っていたが、母の額にうっすらと浮かんだ汗を、千代は見逃さなかった。

節は前髪をつくっていない。洋風にまとめたつもりだろうが、どこか島田髷《しまだまげ》がまじった夜会巻は奇妙で、ドレスにそぐわない。四十過ぎの母にとってファッションの限界なのだろう。

千代はぼやいた。「パリ万博のほうがよかった。どうせ何週間も汽船に揺られて外国へ行くなら」

「贅沢《ぜいたく》をおっしゃい」節は千代に背を向け、ふたたび歩きだした。「お父様のおかげで、家族そろって太原県《たいげんけん》に移住できたんでしょ。パリなんてとんでもない」

「エッフェル塔に登りたい。地下鉄にも乗ってみたい。新聞に書いてあったでしょう。地面の下に鉄道が走ってるの」

「窓の外はいつでも夜汽車みたいに真っ暗なのかしら。つまらない」

千代はむっとした。母は新しいものを受けいれたがらない。おかげで関本家は、常に時代の変化から取り残されてきた。

たとえば千代が幼少のころ、街を闊歩《かつぽ》する大人は誰もが洋服姿だった。やがて清《しん》との開戦を機に懐古趣味がひろがり、和服が流行した。戦争はとっくに日本の勝利に終わった。なのに母は長いこと髪型をもとに戻しきれずにいる。

いまや清の国土は平和そのものだった。千代の行く手、道端にトウモロコシの量り売りがいた。天秤棒《てんびんぼう》を下ろしてひと休みしている。長袍《チャンパオ》に西洋式のズボン、革靴という服装だった。清に入国したころには衝撃的に思えた男性の辮髪《べんぱつ》も、もう千代の目に馴染んでいた。後頭部のみを残し髪を剃《そ》りあげ、後ろ髪は長く伸ばし三つ編みにして背に垂らす。兵士ばかりか農民や行商人も辮髪にしている。

川辺にでると小麦畑がひろがっていた。風になびく無数の穂が遠方まで波打つ。どんな国にいるのか忘れてしまいそうになる。川沿いに整地された小高い丘の石垣こそ、過去の王朝時代の遺物にちがいない。その上にあっただろう建物は消え、赤煉瓦《あかれんが》づくりのカトリック教会に建て替えられていた。

ヴィクトリア朝の装いに身を包んだ白人女性がふたり、教会へ歩いていく。千代と節を一瞥《いちべつ》すると、くすくすと笑いあった。

東洋人のドレス姿が、いまだ滑稽に思えるのだろうか。あるいは服の流行《はや》りについての反応かもしれない。彼女たちはイギリス人にちがいないが、たしかにこれまでの

着こなしとは異なっている。スカートの後ろが膨らんでいないし、襟も詰まってい
た。その代わり羽根飾りの帽子は大きく仰々しい。
千代は節にささやいた。「お母様。ひょっとしてこの服、もう古くなってるんじゃ
ない？」
「馬鹿おっしゃい」節は気にしたようすもなく歩きつづけた。「アール・ヌーヴォー
でしょ。どこが時代遅れなの」
植物模様の刺繡《ししゅう》入りというだけで、アール・ヌーヴォーを主張できるかどうか疑わ
しい。千代はイギリス人女性らを振りかえった。猫毛のようにしなやかなブロンドの
髪が羨ましく思える。もちろん青く澄んだ瞳も。
教会の前には、あらゆる国の紳士淑女が集まっていた。こんなに国際色が豊かにな
ったのも、日本が戦争に勝って以降のことらしい。清の弱体化をまのあたりにした欧
米列強が、競うように侵出してきて、租借地に市民を定住させるようになった。千代
の父がそういっていた。
教会の扉は開放されている。そのなかへ入った。ほの暗い礼拝堂はがらんとして、
まだ空席だらけだった。だが後方に、身を隠すようにうずくまって着席する集団がい
る。辮髪が目を引いた。漢民族の男女らだった。クリスチャンなら国籍を問わず教会

に迎えられる。

ステンドグラスからおぼろな陽光が差しこんでいた。神父と宣教師が立ち話をしている。

白髪頭に丸顔、黒服《スータン》に身を包んだアルベス神父が、にこやかな笑いとともに迎えてくれた。スペイン訛《なま》りのフランス語もいつもと変わらない。「ああ、おはようござい《ボンジュ》ます《ール》。セツ、それにチヨ《セツエチヨ》。主の平安がいつもみなさんとともに《クデューヴェニッス》」

節もフランス語で応じた。「こちらへうかがうたび、心が休まります《セタンドロワムドンヌルコンフォー》。夫は日中働きにでてますし、日本人の母と娘では肩身が狭くて」

宣教師のディオンも黒一色の装いだった。愛想よく告げてきた。「肩身が狭いなんてとんでもない。主のもと、みな平等です」

厳かな時間が流れる。ほどなくミサが始まった。

みな着席した。ざわめきが静寂へと変わっていく。アルベス神父が祭壇の前に立ち、厳かに十字を切った。落ち着いた声を響かせる。「父と子と聖霊のみ名によって」

千代は両手の指を組みあわせた。周りと同時に祈りをささげる。アーメン。

アルベスの声がつづく。「主イエス・キリストの恵み、神の愛、聖霊のまじわりが……」

ふいに奇妙な音がきこえた。隙間風、あるいは狼の遠吠えのようでもあった。千代は顔をあげた。アルベスも気になったのか言葉を切った。

低い男声の唱和。ひとつのセンテンスを反復している。なにを喋《しゃべ》っているのかははっきりしない。どこの国の言葉だろうか。

祭壇のわきでディオンが、アルベスにささやいた。「なんでしょう」

「わからん」アルベスはディオンに向き直った。「見てきてくれ」

ディオンが通路を後方へと向かう。誰もが心配そうな面持ちで、ディオンの背を振りかえった。千代も同様だった。ディオンが扉を開け、外へでていくのを見守った。

ほどなくディオンは、表情をこわばらせ引きかえしてきた。「神父」

アルベスが眉をひそめ扉へと歩きだす。参列者らも続々と席を立ち、神父を追いかけた。

不安がひろがっていく。千代も節と手を取りあい、扉へと向かった。

外へでると風が強まっていた。周辺の木々が枝葉を擦りあわせ、しきりにざわめいている。太陽が雲に隠れたらしい、一帯は濁色に沈んでいた。この付近は黄砂がひどい。いまも砂嵐の様相を呈しつつある。

神父と宣教師は遠くを見つめ立ち尽くしていた。傍《かたわ》らで信者らが身を寄せあっている。視線を向ける方角はみな一致していた。

千代は思わず息を呑《の》んだ。川辺の教会を包囲する群衆があった。

一見、村落で見かける農民のようだった。だが変わったいでたちをしている。辮髪の頭と胴まわりに黄巾《おうきん》を巻いていた。長袍とズボンは粗末でまちまちだが、黄巾だけは揃《そろ》っている。

顔にはなぜか絵具《えのぐ》を塗りたくっていた。黄やエンジで顔面を染めている。顔面の半分だけ、あるいは額のみ塗った者もいる。火のついた松明《たいまつ》が散見されるが、おだやかでないのは、大半が刀や槍《やり》を手にしていることだった。

刀は両手に一本ずつ握られていた。千代も清に来て知ったことだが、湾刀と呼ぶらしい。日本刀に似た反りがあり、先端が尖《とが》っている。

群衆の掲げる黄旗のほとんどに、毓《いく》という一字が大書してあった。ほかに四文字の旗も見受けられる。保清滅洋、興清滅洋、扶清滅洋と少しずつ異なる。

だが黄巾らの発声は共通していた。フーチンミェヤン。男たちはそう繰りかえしている。怒鳴るでもなく、大地に響かせるがごとく低くつぶやく。フーチンミェヤン、フーチンミェヤン。

群れは前進してこない。包囲網を狭めようとはしなかった。ただ人垣を築いたまま唱和しつづける。

アルベス神父が信者らを振りかえった。ここで待つよう手振りでしめした。

千代は節の手を強く握った。節も握りかえしてくる。母の手は小刻みに震え、汗が滲《にじ》んでいた。

神父の後ろ姿がしだいに小さくなる。ひとり群衆へと歩み寄っていく。両手を大きく広げ、男たちに向かって声を張りあげた。吹きつける風のなか、アルベスのたどたどしい現地語が呼びかける。黄巾の男たちは静まりかえった。

アルベスは立ちどまった。群れのなかの何人かと間近に向きあう。もう声を張る必要がないからだろう、穏やかに話しかけている。

直後、神父と向きあう男が甲高い奇声を発した。アルベス神父がびくついた。男の槍が一瞬にして、アルベスの腹部を貫いた。赤く染まった槍の先が背に突きだしている。前のめりになった神父の首めがけ、別の男が刀を振り下ろした。瞬時に首が切断された。アルベスの頭部は放物線を描いて飛び、地面に転がった。スータンを着た身体は、首の付け根から赤い飛沫《しぶき》を大量に噴出させ、人形のごとく崩れ落ちた。

千代は愕然《がくぜん》とした。いっせいに悲鳴が響き渡った。絶叫に等しかった。信者たちが逃げ惑っている。どの顔にも恐怖のいろがあった。

黄巾の群衆が波状に押し寄せてきた。足がすくみ、千代は一歩も動けなかった。いつしか砂嵐が視野にひろがっていた。地鳴りとともに迫る男たちの人影がどんどん濃くなる。振りかざした刃の鈍い反射光が見てとれた。そこまで距離が詰まった。

ふいに手を引かれた。母の節だった。千代は節とともに駆けだした。黄巾の第一波からかろうじて逃れた。耳をつんざく雄叫《おたけ》びがこだまする。砂嵐のなかに赤い霧がまざりだした。千代は逃走しながら後方を振りかえった。ドレスの女性たち、スーツの男性たち。それぞれに黄巾が群がり、槍で突き、刀で切り裂いている。断末魔の悲鳴が響いた。濁った苦悶《くもん》の声もきこえる。首が次々に切断され、頭部が小麦畑に転がった。片腕が婦人の胴体を離れ、地面にうねっている。血まみれになり逃げまわる婦人を、黄巾が背後から一刀両断にした。

酸っぱいにおいが鼻をつく。それがなにを意味するのか、千代にはわからなかった。ただ節に手を引かれ、阿鼻叫喚《あびきょうかん》のなかを逃げまわった。教会の扉に近づく。ディオンが走り寄ってきた。入ってください、ディオンがそういった。

礼拝堂に駆けこんだとき、千代は自分の嗚咽《おえつ》をきいた。いままで泣いていることさえ自覚できていなかった。母の節も震える声を発していたが、涙を流しているかどうかさだかではない。千代には母の顔を眺める余裕さえなかった。

ディオンが祭壇へ駆けていった。十字架の後ろに隠し扉があることを、千代も知っていた。神父が食料を備蓄している。いまディオンがつかみだしてきたのは、回転式の弾倉を備えた拳銃だった。教会が自衛手段として武器をしのばせるのはめずらしくない。だが実際に銃を手にした宣教師を、千代は初めてまのあたりにした。

ディオンのつぶやきが礼拝堂に響いた。「主よ、お守りください」

扉から猛然と黒い影が躍りこんできた。稲光に似た閃光《せんこう》とともに轟音《ごうおん》が耳をつんざいた。たった一挺《いっちょう》の拳銃による発砲であっても、銃声の衝撃は内臓にまで響き、骨の髄を揺さぶってくる。千代は両手で耳をふさいだ。ディオンが礼拝堂の入り口へと引きかえす。銃撃がつづき、侵入してきた黄巾の数人が突っ伏した。しかし敵は臆したようすもなく続々と乗りこんでくる。

銃声が途絶えた。弾はたちまち撃ち尽くされたらしい。黄巾が仲間の死体を踏み越え、ディオンに襲いかかる。甲高い発声とともに複数の刀が同時に斬りかかった。なにかが潰れるような音がして、ディオンの身体は不自然にねじ曲がった。関節があるはずのない箇所が折れている。濁った飛沫が千代の顔にも降りかかった。視界が赤く染まった。

千代は母の手を引き、礼拝堂の奥へと駆けだした。しかし足がもつれ、前のめりに転倒した。顔ごと硬い床に叩《たた》きつけられる。痺《しび》れるような痛みのなかで、うまく走れない理由に思いが及んだ。ヒールのせいだ。両足をばたつかせ、靴を脱ぎにかかる。うまくいかない。

礼拝堂内の黄巾が数を増やしつつあった。板張りの床に荒々しい足音が反響する。汗のにおいが充満しだした。集団が刀や槍をかざし、通路をまっすぐに突き進んでくる。千代は尻餅をついたまま後退した。

座席の後方に潜んでいた漢人のクリスチャンたちが、ふいに立ちあがり黄巾らの前に飛びだした。許しを請うように、彼らの言語で必死に語りかけている。黄巾の足はとまらない。漢人のクリスチャンらは後ずさりながら、より声高に説得をつづける。黄巾のひとりは躊躇《ちゅうちょ》もしめさず、漢人の喉もとを水平に切り裂いた。ほかの黄巾たちも、男女の区別なく斬りかかった。打ち倒したその場でとどめを刺す。礼拝堂が鮮血に染まった。

千代は恐怖にとらわれ、床にへたりこんでいた。いまや凍りつき、身体を震わせるだけでしかない。

しかしそのとき、節が千代の両脇を抱えあげた。「しっかり。お立ちなさい」よろめきながらも千代は身体を起こした。椅子の背をつかみ体勢を立て直す。節が手を引く。千代は身を翻し、母とともに駆けだした。

祭壇の奥、半開きになった隠し扉の向こうから外の光が差しこんでいる。踏みこんでみると、そこは狭い部屋だった。麻の米袋や収穫された野菜が置いてある。ほかに出口はないが、天井には明かりとりの窓があった。梯子《はしご》がかけられている。

節がいった。「先に登って」

千代は首を横に振った。「お母様が先に」

雄叫びとも喚《わめ》きともつかない声が、扉越しに接近してくる。千代はすくみあがった。

母が切実に訴えてきた。「お願いだから、早く。登ってちょうだい」

もはや時間的猶予はない。千代は梯子にしがみつき、必死で登りだした。「お母様も。離れずついてきて」

「わかってる」節の声がきこえた。「止まらないで。千代」

千代は天窓を押し開けようとしたが、びくともしなかった。金属製の留め具を外しにかかる。指先が震えてうまくいかない。

「早く」節の声は悲鳴に等しかった。「登って！」

いつしか指先は血にまみれていた。留め具を掻《か》きむしるうち、手ごたえがあった。

千代は天窓を押した。ガラス戸が弾《はじ》けるように跳ねあがり、外の空気が吹きこんできた。

「開いた」千代はそう告げて、梯子を登っていった。

風が強く吹きつける。黄砂は濃霧のように視野を覆っていた。傾斜した屋根にあがると、千代は下方をのぞきこんだ。母に手を差し伸べる。

節はまだ梯子を登りだしたところだった。そこへ黄巾たちが踏みこんできた。

一瞬の絶望に、千代は言葉にならない声を発していた。節の潤んだ目がまっすぐに千代を見あげている。天窓から差しこむ光が、母の顔を白く照らしていた。

時間が静止したように感じられた。母とまっすぐに見つめあうのは、いつ以来だろう。そんな思いが千代の脳裏をよぎった。

幼子のころ、母はいつも千代を抱っこしてくれていた。近江八景《おうみはっけい》のひとつ、三井寺《みいでら》を訪ねた日を思いだす。仁王門近くの満開の桜に、千代は触れたがった。枝に手が届くよう、節が千代を高々と抱きあげた。あのとき、嬉《うれ》しそうに目を細めた母の顔と、いまふたたび向きあっている。千代はそう実感した。

「千代」節が涙を浮かべ語りかけてきた。「立派に育ってくれて、心から嬉しく思ってます。よき伴侶に恵まれ、賢い子を産むのですよ。末永く幸せに」

穏やかなその表情を見かえすうち、いまが別離のときと千代は悟った。

「かならず」千代はこみあげてくる哀感に逆らい、震える声でいった。「お母様、愛してます。感謝してもしきれません。ありがとう、こんなわたしを……」

黄巾はすでに節の背後に迫っている。節は千代を見上げたままだった。

湾刀が節の身体を貫いた。節の表情がこわばり、頬筋がわずかに痙攣《けいれん》した。瞳孔が開き、表情が失《う》せていった。

千代は悲鳴をあげた。黄巾たちが見上げてくる。だが千代の身体は傾斜をずるずると滑落しだした。両手を振りかざしたが、つかまるところはどこにもない。軒先から宙に放りだされた。落下の風圧を全身に感じ、水飛沫があがった。水面に叩きつけられたとわかった。痺れるような痛みのなか、気泡が目の前を漂う。身体が沈んでいく。頭上に揺らぐ川面《かわも》の波紋がしだいに遠ざかる。悲哀に胸を引き裂かれそうだった。母が恋しい。ぬくもりで包んでくれた母が。いまはもうなにもない。呼吸ができない、息が苦しい。

しかし死は受けいれられる、千代はぼんやりとそう思った。あの地獄絵図と決別できるなら、母と再会できるなら。

2

二十四歳の櫻井隆一は、本来なら二等軍曹と呼ばれているはずだった。

ところが昇進を間近に控えた去年の末、伍長という階級が復活してしまった。これからは一等軍曹だけが軍曹となる。

伍長。冴《さ》えない肩書きだと櫻井は感じていた。父や祖父の世代には、あからさまに軍曹より格下との印象があるようだ。陸軍教導団もやはり去年で廃止になった。まさかとは思うが、兵から下士への昇進が容易になっては困る。さんざん苦労したというのに。

軍服ももう少し洗練されないものだろうか。欧米列強の兵士が集まる北京《ペキン》では、なおさらそう感じる。制帽と詰襟の上着はまずまずだが、常に予備靴や飯盒《はんごう》、飲器を身につける義務があるせいで、市街地では異様な重装備に見える。長さ七十五センチの村田連発銃を携えると、それなりに恰好《かっこう》がつくものの、外国の兵士が手にする軍用ライフルに比べればいささか古くさい。

いや銃以前の問題か。日本軍の兵士はみな背が低い。列強の軍服から見下ろされてばかりいる。どうにか威厳を誇示したいが、竹馬の装備でも義務付けられないかぎり、同じ目線に立つのは不可能だろう。

もっともこの混沌《こんとん》たる都市で、外見を気にする必要はないのかもしれない。道幅四十メートルの東華門大街という街路に歩を進めながら、櫻井はその思いを強くしていた。

帝都北京。都市全体が城壁に囲まれている。一般市民の住む家屋もあれば役所もある。都市の中央にはさらに城壁で囲まれた広大な区画がある。紫禁城《しきんじょう》、清国政府の中枢だった。もちろんそこへは許可なしには入れない。外城と内城、ふたつの城壁の狭《はざ》間《ま》が北京の市街地だった。

四月、晴れた日の正午すぎ。いつもどおり砂埃《すなぼこり》がひどい。黄砂だけが原因ではなかった。大通りでも石畳が敷かれた箇所はごくわずかで、区画のほとんどが剝《む》きだしの土だった。賑《にぎ》やかではあるものの、一帯はまさに人種の坩堝《るつぼ》と化している。

各国の軍隊の兵士が武装したまま行き来する。戦場も同然の身なりだが、それが日常の風景になっていた。欧米の着飾った紳士淑女もよく見かける。イギリス、アメリカ、フランス、ドイツと、社交界の見本市さながらだった。
道端には辮髪の商人らがひしめきあっている。天秤棒をかついで場所を変えては、声を張り客寄せする果物売りやスープ売り。靴磨きは爪切り屋も兼ねていた。机をひとつ置いて代書屋を営む者があれば、轆轤《ろくろ》をまわし木工品づくりに精をだす木地師もいる。

日本から持ちこまれた人力車が、そこかしこを駆けめぐっていた。椅子に布製の屋根をかぶせただけの輿《こし》も往来する。托鉢僧《たくはつそう》や紙屑《かみくず》拾いも頻繁に目につく。牛ばかりか駱駝《らくだ》も闊歩していた。通商人が固めた茶をロシア方面へ運んでいるらしい。

水売りの推車《トイチョ》がきしみながら通過していく。砥《と》ぎ屋の鉄板を振り鳴らす、重い響きが混ざる。民家の外観はいずれも殺風景だ。槐《えんじゅ》の葉が影を落とす灰いろの壁に、赤い円板のついた小さな扉があるにすぎない。

街角で商人どうしの取引がおこなわれていれば、すぐにそれとわかる。山盛りになった貨幣を、大勢で一枚ずつ点検しているからだ。贋金《にせがね》がまざっているのに気づかなければ、だまされたほうが悪い、それがこの国の習わしだという。

紫禁城外周で警備にあたる清の正規兵は、昔ながらの民族衣装、馬褂《まがき》や唐装に似た服を着ている。辮髪の頭には朝帽、この時期には傘に似た涼帽をかぶる。それが彼らの軍服だった。腰には刀を携え、肩にライフルを担ぐ。兵士はあちこちをうろついているが、治安維持に貢献しているかどうかはさだかでない。

実のところ風紀は乱れつつある。辮髪の頭と腹に紅巾《こうきん》を巻いた、奇妙な男たちが街なかに出没している。おもに西欧の婦人に対し、徒党を組んで威嚇するのが、連中の振る舞いだった。清の兵士は無視を決めこんでいる。列強の軍服が駆けつけるまで、紅巾たちの嫌がらせは終わらないのが普通だ。騒動を忌避してか、民家の扉はいずれも固く閉ざされている。

いまも道端で、紅巾の一団が拳法の訓練に勤《いそ》しんでいた。見物の漢人たちが取り巻く。櫻井は足をとめた。紅巾たちが妙な呪文を唱えだした。横になったり、跳ね起きたり、常軌を逸した昂揚《こうよう》ぶりだった。

紅巾のひとりが周りに声を張った。「何人下山《フーレンシヤシヤン》？」

櫻井は語学が得意だった。北京に派遣されたのも、それが認められてのことだ。紅巾の発した言葉の意味も理解できていた。誰が下山したのか、男はそうたずねた。

すると残りの紅巾たちが声を揃え、極端に芝居がかった物言いで応じた。「黄三《ホアンサン》太《タイ》、孫悟空《スンウコン》、猪八戒《ジユバジエ》！」

見物人たちが沸いた。見世物に対する反応とは少しちがう。あたかも紅巾らの興奮が乗り移ったかのように、誰もが同じ言葉を繰りかえしている。

櫻井は妙に思った。黄三太の名はきいたことがある。たしか京劇の登場人物だった。孫悟空、猪八戒についてては考えるまでもない。なんの意味があるのだろう。

やがて紅巾の取り巻きのひとりが、振りかえって櫻井に目をとめた。周りに声をかける。漢人たちが続々と視線を向けてきた。敵愾心《てきがいしん》の籠もったまなざし。櫻井は後ずさり、踵《きびす》をかえし退散した。いや、ただ立ち去っただけだ。自分にそういいきかせる。

天津《てんしん》には租界が築かれていて、日本を含む各国の行政区分がはっきりしている。だが北京はそうではない。市街地にひしめく家屋も漢人の住居ばかりだ。帝国軍人たるもの、むやみに揉《も》めごとを起こすべきではない。

足ばやに歩くうち、耳に覚えのある男の声が呼びかけた。「おい櫻井。どこへ行く気だよ。こっちだ」

日本語だった。櫻井は立ちどまった。パリのカフェテラスを模した店がある。通りに突きだした木板張りのデッキにテーブルが並んでいた。客の大半が西欧の軍人や民間人だった。ケピ帽で紺いろの上着、オーストリア＝ハンガリーの軍服は銃を椅子に立てかけ、紅茶をすすっている。

櫻井の仲間はその隣りのテーブルにいた。同じ第五師団で伍長を務める吉崎修成《よしざきしゅうせい》が手招きしている。軍服姿のうえ強面《こわもて》で筋肉質、大柄なだけに、すぐに目についた。

あやうく通り過ぎるところだった。櫻井は冷や汗をかきながら、吉崎のもとに歩み寄った。「まいった。北京の道はわかりにくくて」

「ほんとか？」吉崎は皮肉っぽい目で見つめてきた。「赤い鉢巻の連中に恐れをなして、尻尾《しっぽ》巻いて逃げだしたからだろ」

櫻井は吉崎の隣りに腰かけた。「気づいてたのなら助けろよ」

「戦争で決着はついた。いまさら蒸しかえすこともない。おまえの態度は立派だよ」

吉崎は周りにいる外国兵に倣《なら》ったのか、銃を椅子に立てかけている。櫻井は膝の上に銃を横たえていった。「いつも手もとに持っておく規則だろ」

「お茶してるんだぞ。変に警戒される態度をとっちゃまずい」

テーブルの上には日本の湯呑《ゆのみ》があった。櫻井はきいた。「それは？」

「煎茶。でも味が変わってる。葉っぱがちがうのかもな。俺たちの給与じゃこんなもんだ」

唐装の年老いた従業員が近づいてくる。櫻井は告げた。「彼が飲んでるのと同じ物を《ウオイイエヤオイイヤンダ》」

従業員が引き下がると、テラスに新たな客があがってきた。でっぷり肥え太った白い軍服が三人、辺りを見渡し、櫻井のテーブルに目をとめた。防暑衣の独特の仕様からロシア軍とわかる。先頭に立つ男の階級はウンタラアフィツェール、日本でいう下士のようだった。詳細はわからない。丸顔に髭《ひげ》をたくわえ、ふてぶてしい態度で見下ろしてくる。席を譲れといわんばかりだった。

吉崎はくつろいだ姿勢を崩さなかった。だが櫻井は警戒心を募らせた。ロシア軍人の傍若無人ぶりは伝えきいている。白昼喧嘩《けんか》も辞さないらしい。

ロシアの下士は距離を詰めてきたが、ふいにその表情がこわばった。櫻井が膝の上に置いた銃に気づいたようだ。三人のロシア人らは、ライフルを肩に担いだままだった。あきらかに櫻井に分があった。

なおもロシア人たちは引き下がろうとしない。櫻井はわずかに前のめりになってみせた。三人は一様に鋭い目つきで見かえした。膠着《こうちゃく》状態がつづく。従業員が茶を運んできたが、びくついたようすで立ち尽くした。

ほどなく近くのテーブルで客たちが席を立った。ロシアの下士は軽く舌打ちし、仲間とともに空席へと向かっていった。

櫻井はひそかに安堵《あんど》のため息を漏らした。従業員がテーブルに茶を置き、そそくさと立ち去った。

吉崎がつぶやいた。「お見事。さすが優秀な伍長さんだ」

「からかうなよ」

「いや、本気だ。四つ年上の俺が、おまえと同じ伍長。語学に堪能なおまえのお供でなきゃ、ここに来れなかった」

「伍長は掃いて捨てるほどいるよ。この先はもっと増える」

「投げやりだな」吉崎は湯呑を口に運んだ。「勤勉で生真面目で、軍曹に一目置かれるおまえが、扱いに不満か」

うまく答えられない。だが歯痒《はがゆ》い気持ちはたしかにある。櫻井はきいた。「また戦争が起きると思うか？」

「さあ、どうかな。束《つか》の間《ま》の平和って気もしなくもない」

「戦争が起きたら、今度も勝てそうかな」

「そりゃ負けるわけにはいかないが、相手しだいだろ。清の北洋艦隊は欧米から戦艦を購入してたが、乗員の腕が育ってなくて、我らが連合艦隊の敵じゃなかった。北京へ来てみてわかったが、恐ろしく旧態依然とした軍隊じゃないか。けどロシアと戦争になったら、ひと筋縄じゃいかないよな」

「平壌《へいじょう》に鴨緑江《おうりょくこう》、牛荘《ぎゅうそう》。入って四年目の俺には伝説と変わらないよ。軍隊生活じゃずっと平和がつづいてる」

「戦いたくてうずうずしてるのか。血気盛んだな」

ちがう。だが本音は語れない。いえば軽蔑されるに決まっている。

櫻井が十歳のころ高等小学校ができた。ちょうど一年生として入学することになった。ひとり読書にふけることが多かった櫻井は、学校での友達づきあいがうまいほうではなかった。

長州藩《ちょうしゅう》出身者が大半をしめる土地柄からか、ガキ大将気取りとその取り巻きが中心になって、学級内に階層を形成していたように思う。ひとりでいるのを好み、無口なうえ争いごとを好まなかった櫻井は、知らぬ間に最下層に属していたようだった。四年を経て卒業後も、同級生との交流がほとんどないため、たしかなことはわからない。しかし櫻井には、集団に馴染めず爪弾《つまはじ》きにされていたという実感があった。

にもかかわらず徴兵で入隊した折には、むしろ肩身の狭さを感じずに済んだ。学校よりずっと規律に厳しい軍隊では、たとえ集団行動を強いられようと、無節操かつ不本意な階層をあてがわれるわけではない。優等生でいることに心血を注げば、相応の見返りがある。昇進が早まり、待遇も良くなる。おかげで剣術から乗馬まで上達した。

日清戦争の直後でもあり、軍人の社会的地位が向上した恩恵を受けられた。なにより平和だった。そういう時期には、読書好きとして得られた学力がものをいう。語学もそのひとつといえた。徴兵期間の二年を満了し、上等兵になった櫻井は、引きつづき職業軍人への道を歩むことにした。下士候補生となり、受験を経て二等軍曹、いや伍長となった。

長男として世間体を気にせざるをえない運命を呪ったことも、ないではなかった。しかし両親や弟たちを安心させられたのだから、ひとまず喜ばしい、そんな思いを強くしていた。

ところが北京に送られたいま、また不安が募りだした。ひとたび海を渡ってみれば、国際関係は一触即発、戦乱の気配が濃厚に漂っている。平和が破られる可能性は充分に感じられた。

開戦への危惧はもちろんある。だがそれ以上に、もっと本質的なことが気がかりだった。妙な話だが、高等小学校で味わった疎外感への恐れに近い。

平時の軍隊では、他人と打ち解けなくても規律正しく生きられた。集団のなかにありながら、人と深く接することなく過ごせた。しかし戦争となればそうもいかない。

生死を分かち合う仲間との連携や協力、共存が避けられない。

これまで他者とまともに向きあってこなかったため、自信が持てなかった。どうすれば信頼しあえる関係が築けるだろうか。

高等小学校なら殻に閉じこもってしまえばいい。だが軍隊では馴染めないかぎり、自分ばかりか周囲まで命の危険に晒《さら》してしまう。いかに立派な軍人だろうと、無為の死など望む者はいまい。それが敗北につながるならなおさらだった。

吉崎の声が呼びかけてきた。「櫻井。どうかしたのか」

「いや別に」櫻井はぼんやりと応じた。吉崎とのつきあいは友情と呼べるだろうか、黙って考えた。ただの腐れ縁という気もする。

彼は遼河《りょうが》平原の作戦に参加しながら、飲酒で何度か懲罰を受け、部隊から見放された男だった。そのうち櫻井に同行するよう命じられたらしい。吉崎はよく愚痴をこぼしていた。伍長として必要とされていない、だから飛ばされた。

吉崎は櫻井に対し、同期のように話してくれと頼んできた。友情を育てるためかと期待したが、どうやら彼自身が年の差を感じ、惨めになるのを防ごうとしているらしい。もっと年上の伍長は大勢いるというのに、年下の伍長と組むにあたっては、劣等感にさいなまれたくないようだった。

「なあ、櫻井」吉崎が真顔になった。「軍人って生き方に意味があると思うか」

「なんだよ急に」

「いや。俺には疑問でね。頑張っていい歳《とし》になっても、運が良くてせいぜい曹長。士官学校出の若造にこき使われるしかない」

「士官になりたかったのか」

「そうじゃない。ただ命令を受けて、あちこち行かされて、命がけの任務に駆りだされて、そればっかりだ。欧米列強の脅威なんてなくならないし、いつまでつづくんだろうな。やっぱ死ぬまでか」

櫻井は黙っていたものの、内心では理解できる気がした。生きがいの問題だった。国に命を捧《ささ》げる軍人でありながら不埒《ふらち》な考えにちがいない。口にだすのは憚《はばか》られる。しかし人は機械ではない。人生に意義や目的意識を見いだせずして、真の勇気など持てない。常々そう感じていた。

ロシア人たちのテーブルに目を向ける。下士は絶えず警戒していたのか、即座に睨《にら》みかえしてきた。櫻井は顔をそむけた。神経質な連中だ。

前方に向き直ったとき、いきなり背広姿の男が現れた。前のめりに立ち、開いた手帳のページに鉛筆を突き立てる。「失礼。東京朝日新聞特派員の斎藤《さいとう》といいます。ちょっとお話、よろしいですか」

吉崎が片手をあげて制した。「取材は受けるなと厳命が下ってまして」

断られるのは予測済みだったらしい、齋藤は臆したようすもなく切りだした。「日本公使館の駐在武官が間もなく着任予定ですが、もうお会いになられましたか」

いえ、と吉崎がいった。櫻井も首を横に振ってみせた。

齋藤はなおも食いさがってきた。「どのようなお人かご存じですか」

吉崎が苦笑した。「知りませんよ。自分のような下士にきいても、なんの情報も得られませんよ」

「なんだ」齋藤は露骨にがっかりした顔になった。「どこも取材に応じてくれないから、兵隊さんにたずねるしかないんですけどね」

「新聞屋さんになら、正式な発表があるでしょう」

「発表があったから気になってるんですよ。柴五郎陸軍砲兵中佐といえば会津《あいづ》藩出身じゃないですか」

櫻井のなかに妙な感触が走った。「会津？」

「そう」齋藤は手帳をもてあそびながら、ぼやきに似た口調でいった。「二百八十石の、ごく標準的な会津藩士の家系でね。十歳のころ父や兄とともに、若松城に籠城したって噂《うわさ》もあります。北京はいまや列強どうしが火花を散らしあう最前線でしょう。駐在武官なんて重職に、なんで会津の人間が選ばれたんでしょうね」

吉崎が鼻を鳴らした。「新聞屋さんというより講談師って感じだ」

齋藤はむっとした表情になり、手帳を懐にしまいこんだ。「下士にきいたってわかるはずもないか。いまの質問は忘れてください。それじゃ」

路上へ去る齋藤の背を眺め、吉崎が湯呑を呷《あお》った。「失礼なやつだ。事情を嗅ぎまわるしか能がないくせに」

櫻井は胸騒ぎをおぼえていた。どうにも落ち着かない気分だった。

駐在武官は、公使館で軍事面の情報収集を担当する。地位としては公使に次ぐ待遇を受ける。軍人の権限と外交特権を併せ持つため、軍人外交官ともいわれる。櫻井もいざとなれば彼の指揮で動くことになる。

だがその中佐は会津藩出身だという。本当だろうか。

幕末、会津藩は幕府に命じられ京都守護職になった。朝敵として最後まで政府軍に刃向かい、戊辰《ぼしん》戦争で薩摩《さつま》藩と長州藩に盾突いた。全国的に賊軍と語り継がれている。それが会津藩だった。

降伏した会津藩は下北半島へ移り斗南《となみ》藩となった。寒冷の火山灰土での暮らしは想像を絶する過酷さだったらしい。元会津藩士たちの薩長《さっちょう》への遺恨は、依然として深いともきく。

櫻井の家は藩士ではなかったが、地域として元長州藩にあたる。伍長の分際で、駐在武官に嫌われることを心配するなど、取り越し苦労かもしれない。しかしいま北京にいる日本軍といえば、ごく少人数に限られる。元長州藩の下士がいると知れば、決死の任務に駆り立てようとするのでは。

であります、という陸軍推奨の言いまわしは、長州藩の方言に由来する。櫻井はあまり好まなかったが、上官の前では口にしなければならない。そのたび柴中佐が機嫌を損ねたりはしないだろうか。

吉崎がつぶやいた。「いまの新聞屋、今度の駐在武官は標準的な会津藩士の家系といってたな」

「ああ」櫻井はうなずいた。「政府も軍も上層部は薩長出身者だらけだ。なのに会津藩出身で、陸軍砲兵中佐にして北京駐在武官か。異例中の異例といえそうだ」

「松平家《まつだいらけ》の血筋でもないだろうに、どんな事情があったんだろな」

心配の種がまた増えた、櫻井はそう感じていた。戊辰戦争で会津藩は大勢が戦死、あるいは自刃し果てた。元藩士が恨み重なる明治政府のために命を懸けうるものだろうか。いざとなったら頼りになるのか。

上官の靴音には敏感だった。軍曹の池澤幸徳《いけざわこうとく》が路上を足ばやに向かってくる。櫻井は起立し、村田銃を身体の脇に携えた。吉崎も一瞬遅れたものの、椅子に立てかけてあった銃をひったくり、直立不動の姿勢をとった。

厳格を絵に描いたような三十代、池澤軍曹が歩み寄ってきた。「呑気《のんき》に茶か。櫻井、警備が必要になる。吉崎も一緒に来い」

ふたりで声を揃え、はいと応じる。吉崎がテーブルを離れながら、小声でささやいてきた。「おごってくれ。今度かえす」

不本意だったが、上官の前で口論などできない。櫻井は従業員を手招きした。ふと近くのテーブルにいた西欧の婦人と目が合う。軍人のきびきびした動作と発声を、どう思ったのか知らないが、婦人は微笑してきた。

櫻井はそれを悪くはとらえなかった。しかしロシアの下士がこちらを見ていた。嘲《あざけ》るように鼻を鳴らす。櫻井は黙って背を向けた。ここで喧嘩してみたところで、遼東《りようとう》半島《はんとう》が返るわけでもない。

3

遼東半島は、日清戦争に勝利した日本が、清から割譲を受けていた。ところがロシアはフランスとドイツを伴い、遼東半島を清に返却するよう迫ってきた。三国干渉の中心にいたのはロシアだった。ロシアは冬に海面が凍らない港を必要としていた。南方にある遼東半島を日本に奪われたのでは、南満州の海の出入り口が失われる。いずれみずからの手中におさめるためにも、日本を退けねばならなかった。日本は不本意ながら、列強との戦争を回避するため、遼東半島を放棄した。

それでも日本は清から、二億両の賠償金支払いや台湾の割譲を勝ち得た。眠れる獅《し》子《し》と恐れられた東洋の大国が、敗戦のうえ金と土地を差しだした事実が、西欧列強を刺激した。各国は欲望をあらわにし、奪えるものは奪うべく清に繰りだしてきた。

しかしどの国も現状、北京には衛兵以外の部隊を駐屯させていない。いかに弱体化したとはいえ、主権国家の首都に他国の軍隊がむやみに進駐すれば、全面戦争の幕開けになってしまう。公使館の治外法権と駐兵権は認められているが、それどまりだった。

とはいえ各国とも、互いの状況が気になるようだ。どこかが抜け駆けして清と手を結んだり、逆に強硬な手段にでたりするのを警戒しているのだろう。各国の公使らが相互にようすを探りあっているらしい。駐在武官もそのために必要とされている。

軍隊を北京に置けずとも、下士や兵が皆無では有事にどうにもならない。日本は他国のように衛兵の常駐部隊があるわけでなく、さまざまな師団から寄せ集めの人員を、交替で北京に配置していた。

そのため軍隊内では個別に声がかかった。ただし優秀な者は師団が手放したがらない。とりあえず勤務態度は評価できるものの、戦力としては疑問符のつく人材が対象となったらしい。

真面目で語学に才覚があるほかは、これといって長所のない伍長。櫻井にとって北京入りは不可避だった、自分でそう感じていた。

外国語というものは、音楽の才能と同じで、耳できいた音感の馴染みやすさが鍵となる。幼少のころから、得意分野になりそうだという予感はあった。当初は誰もが有する普遍的な感性と考えていたが、そうではなかった。現に、櫻井のついでに北京行きを命じられた吉崎や、ふたりのお目付け役として同行した上官の池澤軍曹には、素質がなさそうだった。毎日のように支那語を耳にしていても、まったく覚えられない、彼らはそういった。

三人のなかで櫻井が最も必要とされているのはたしかだが、その度合いはたいしたものではなさそうだった。警備や護衛、当直、通訳、使い走り。公使館から命じられるままに動く萬屋《よろずや》稼業。当然ながら、個々の任務は軍歴に記載されることもない。ただ便利にこき使われるのみ。

やむをえないだろうと櫻井は思った。立派な職業軍人であれば、疑問など持たず国に命を捧げ、日々ひたすら精進する。優柔不断で悩みや迷いを生じがちな櫻井は、それに当てはまらない。吉崎も同様のようだった。よって治安に問題のある北京での雑役こそ適任とされたのだろう。いつもながら陸軍省の人事は憎らしいほど的確だった。

池澤軍曹に導かれ、櫻井が吉崎とともに向かったのは、郊外にあるセント・ジョージ病院だった。わりと古くから建つコロニアル風の洋館は、教会に併設された医療機関で、外国人専用外来を有している。

日本公使館職員の飯塚《いいづか》という中年男性が出迎えた。飯塚は入院病棟へ案内してくれた。病室のベッドに横たわっていたのは、十代後半とおぼしき日本人女性だった。

飯塚がささやいてきた。「関本章介《しょうすけ》一等書記官の次女、千代さんです。太原の川辺で保護されたんですが、身元が判明しこちらへ搬送されました」

いきなり悲鳴に似た声があがった。やつれ果てていると思いきや、千代はベッドの上で半身を起こし、髪を振り乱して叫んだ。青白く血の気が引いた顔に、目だけが真っ赤に染まっていた。涙がとめどなく頬を流れ落ちる。両手で宙を掻きむしっていた。あやうくベッドから落ちそうになったとき、看護婦らが駆け寄った。身体をベッドへ引き戻そうとするが、千代は激しく抵抗した。闇雲に絶叫するばかりではない。なにやら呪文のような発声を反復している。

飯塚が池澤軍曹を見つめた。「どう思われますか」

池澤は眉をひそめた。「支那語のようにきこえるな。櫻井？」

「はい。たしかに」櫻井はうなずいた。思ったままを言葉にした。「フーチンミェヤンといってるようです。間違っているかもしれませんが……」

筆記具を取りだした。鉛筆で紙に書いてみせる。扶清滅洋。

吉崎が唸《うな》った。「ふしんめつよう……。日本語ならそんなところか」

飯塚の表情が険しくなった。「こちらへおいで願えませんか」

池澤と吉崎が、飯塚につづき退室していく。櫻井も歩きだした。千代の泣き叫ぶ声を背後にきいた。お母様。どこ。お母様。千代はそういっていた。

いたたまれない気分とともに廊下へでた。すると病院の玄関を、背広姿の四十代男性が駆けこんできた。細面に眼鏡がずれている。ひどく取り乱しているようすだった。血相を変えながらさっきの病室へと向かっていく。さらに二十代とおぼしき女性が現れ、彼を追っていった。ビジティングドレスに身を包んでいる。公使館で働いているのかもしれない。

飯塚が神妙な面持ちでいった。「関本一等書記官と、長女の章子《あきこ》さんです」

池澤は気の毒そうに病室を振りかえった。「われわれで警護すべきかと」

「ええ。夜間はぜひお願いします。昼のうちは病院の周囲に清国の官兵がいますので」

納得できないと櫻井は感じた。「日中も警護すべきでしょう」

「なぜだ」池澤がきいた。

櫻井は応じた。「扶清とは文字どおり解釈するなら、清を助けるという意味です。千代さんに危害を加えたのが清国側の勢力なら、油断できません」

飯塚がじっと見つめてきた。「いい勘をしておられます。お伝えしたかったのもまさにそこです」

病院の玄関わきに、各国公使館直属の事務室が連なっている。日本の部屋はいちばん奥だった。飯塚がそこへいざなった。

室内にはもうひとり公使館の職員がいた。年齢は四十近い。気さくな雰囲気を漂わせた男だった。飯塚が紹介してくれた。「書記生の杉山彬《すぎやまあきら》さんです」

デスクの上を紙片が埋め尽くしている。大小さまざまな紙に、漢字がびっしりと記されていた。ほとんどは粗末な木版印刷のようだったが、なかには筆の手書きとおぼしき文面も含まれる。一部は絵入りだった。

眺めるうち鳥肌が立ってくる。紙ごとに保清滅洋、興清滅洋という四文字が躍る。そして扶清滅洋。大半の書面にその表現があった。次いで義和拳、義和団なる単語も目につく。

池澤が紙片を見下ろした。「これらはなんですか」

杉山は真顔になった。「清国の地方で発行されている瓦版です。国土も広大ですから、場所により方言が異なります。しかしいずれも、あるひとつの動向につながるものです」

吉崎が微笑した。「こんなに収集するのは大変だったでしょうね」

「北京に公使館を持つうちの六ヵ国が共同で集めたものです。ほとんどドイツの手柄なんですが、同じ瓦版を複数枚ずつ入手し、分配してくれました」

「めずらしい」吉崎が皮肉っぽい口調でつぶやいた。「火花を散らしあう仲なのに、情報を共有しあったんですか」

「ええ」杉山がうなずいた。「必要なことですからね」

飯塚がたずねてきた。「義和団をご存じですか。もしくは義和拳」

池澤が首を横に振った。「初耳です」

「そうですか」飯塚はため息をついた。「しかし北京におられる以上は、いちどならず目にしているでしょう。赤か黄の布を、頭と腹に巻いた連中のことです」

櫻井は息を呑んだ。「あいつらですか？　拳法の訓練を見世物にしている漢人たちですよね」

杉山がいった。「見世物ではありません。私たちの見るところ、あれは一種の布教活動です。義和拳は新手の宗教なのです。ここに資料をお持ちしたのも、千代さんをなにから警護するのか知っていただくためです」

宗教。櫻井は思い起こした。たしかにあの見物人たちの熱狂ぶりは常軌を逸していた。

飯塚がぼろぼろになった紙を取りあげた。「これが義和拳について報じる、最も古い瓦版と思われます。三年前の三月です。もっとも、ここにはまだ義和拳とは書かれていません。梨園屯《りえんとん》の玉皇廟《ぎょくこうびょう》で、亮拳《りょうけん》という拳法の公開模範試合がおこなわれました。参加人数は三千人。みな少林拳の一派、梅花拳《ばいかけん》の使い手だったといいます。ほとんどが貧しい農民で、山東の村落にばらばらに住んでいたのですが、翌月には団結し玉皇廟の教会を襲撃しています」

吉崎は拍子抜けしたようにいった。「じゃ正体は農民の集まりですか」

杉山が硬い顔になった。「そうあなどれないんですよ。翌年、梅花拳は義和拳と改名します。明《みん》代の末から十八代もつづいていた梅花拳だけに、各地に師匠や弟子がいて、教会襲撃者たちの身元が割れやすい。よって別の名称を用いたんです」

池澤がうなずいた。「拳法とともに教えを広めていったんですね。新たな弟子が大勢集まるうちに、首謀者が梅花拳という事実は隠蔽されたと」

「そうです」杉山が池澤を見かえした。「義和拳への入門には、特別な儀式や手続きはありません。誰でも仲間に加われるという意味で、かつての白蓮教《びゃくれんきょう》のような秘密結社ではないんです。よって人数も爆発的に増えました。彼らの教義によれば、敵は異教徒の教会、とりわけ西洋人です。信奉する神は唐僧、沙僧、八戒、悟空」

櫻井のなかに鈍い感触があった。あの客寄せしていた紅巾の一団は、たしかに義和拳の信者だったのだろう。

吉崎が納得した顔になった。「扶清滅洋の滅洋とは、そういう意味ですか。西洋人を滅ぼすのが目的だと」

飯塚はいった。「最初は助清滅洋を標語として掲げたようです。二年前の秋、一八九八年十月二十五日と確認されています」

池澤が深刻そうにつぶやいた。「十月というと、光緒帝《こうしょてい》の政治改革が挫折した直後ですね」

「そのとおりです」飯塚は大きくうなずいた。「わが国の明治維新に倣い、清国も近代化を志《こころざ》しました。実際には三十年以上も前から、清は国内体制を変えず西欧の技術のみ取りいれようとしてきたのですが、それでは戦争に勝てないことがわが国との海戦で証明されました。よって清は日本と同じく富国強兵をめざし、政治制度から根本的に刷新しようと試みたんです」

杉山が告げた。「じつは伊藤博文《いとうひろぶみ》前総理が清国へ来て、近代化への布石となるさまざまな助言をおこなったんです。しかし彼を顧問として迎えることに、清朝《しんちょう》の保守派が猛反発しました。その中心にあった西太后《せいたいごう》は、光緒帝を幽閉し実権を奪いました」

吉崎はため息まじりにいった。「維新に失敗したわけか。国力の衰退に歯止めがかからないんじゃ、農民の不満が爆発するのも当然だな。そのせいでこぞって義和拳になびいたんでしょう」

「ええ」杉山がうなずいた。「ほかの地域でも似たような勢力が台頭してきたんです。四川《しせん》では、順清滅洋という標語の集団が発生しました。貧しい農民ばかりでなく、地主や文生、武挙、官員ら支配階級にも後援する者が現れました。同じ年の夏には、湖北に保清滅洋なる旗印を掲げる団体も立ちあがりました」

吉崎は腑《ふ》に落ちないという顔になった。「支配階級が加わったのなら、少しは利口な人間がいたでしょう。農民を諭《さと》すべきじゃないですか。西洋人を目の仇《かたき》にするんじゃなくて、清朝が古臭い制度にしがみついてるから、戦争に負けたんだと」

杉山が首を横に振った。「掃清滅洋という考え方もなかったわけじゃないんですが、標語をそうしたのでは、民衆が清国の軍隊を敵にまわす構図になります。内乱で国が疲弊したら、それこそ西欧列強の思うつぼだと判断したんでしょう」

「でも所詮、拳法を習った農民の集まりでしょう。徒手空拳《としゅくうけん》で列強と戦って勝てるはずがない」

池澤が吉崎を見つめた。「たしかにろくな武器を持たないと思うが、清国全土にどれぐらいの農民がいると思う？　途方もない数だ。北京で列強が持つ弾の数を軽くうわまわるだろう。ひとり一発ずつ撃ったとしても、まだ敵は山ほど押し寄せる」

吉崎は苦笑を浮かべた。「それまでにわが国が援軍を寄こすでしょう」

杉山の顔に笑いはなかった。「懸念は真っ当なものです。各地の勢力が続々と集結しています。大刀会《だいとうかい》という別の一派も合流しました。黄河で大規模な氾濫が起きたときには、被災した地域に神拳なるものが広まりましたが、のちに義和拳に同調しました。ほかに紅拳、女ばかりの紅灯照《こうとうしょう》も加わってます」

「なぜ短期間に、そこまで統率のとれた集団になったんですか」

「毓賢《いくけん》という男が、義和拳を公認し資金援助したからです。彼は山東《さんとう》で巡撫《じゅんぶ》なる役職にあり、地方を管轄する立場だったのですが、信奉者らに毓の一字が入った旗を掲げさせました」

吉崎は面食らった表情になった。「国の官僚が扇動したんじゃ大問題でしょう。清朝は黙って見過ごしたんですか？」

「襲撃に遭ったイエズス会の宣教師らが訴えて、清政府も鎮圧に乗りだしました。去年、山東巡撫に就任した袁世凱《えんせいがい》は、統治下の義和拳を鎮圧したと伝えられます。下火になったという報告があったため、キリスト教徒が多く住む太原でも、さほど警戒を強めずにいたようですが……」

池澤が杉山にきいた。「また勢力を拡大しつつあるんでしょうか」

「というより、総力を結集しているのでしょう。毓賢の呼びかけで、すべての同調勢力がひとつにまとまり、義和団と改称したようです。現時点で掲げる旗はばらばらでも、身につける布は紅巾、標語は扶清滅洋に統一される方針とききます。いかに彼らの足並みが揃っているかの証明でもあるでしょう」

櫻井はいった。「市街地にいたそれらしき連中は、たしかに紅巾を巻いてました。でも信奉する神も、悟空と八戒のほかに黄三太というものがまざってました。扶清滅洋と書いた旗は見なかったような」

吉崎が呆《あき》れたようにつぶやいた。「そりゃ西太后のお膝元で、逆賊の旗は掲げないだろうよ」

池澤が吉崎を見つめた。「清国政府にとっての逆賊といいきれるか?」

静寂が訪れた。疑念はもっともだと櫻井は思った。掃清滅洋でなく扶清滅洋だ。清朝が鎮圧に乗りだしているとはいえ、敵を西欧列強とするからには、政府と義和団で利害が一致している。誰がその事実を否定できるだろうか。

杉山が穏やかに告げてきた。「黄巾は老団と呼ばれていて、南からあがってきた連中のようです。紅巾は新団。最近になって加入した、帝都の市街地に住む漢人たちです」

吉崎は鼻を鳴らした。「どうりで幅をきかせてたわけだ」

飯塚が瓦版を何枚か取りあげた。「信奉する神は、地方や出身団体によってさまざまです。孫臏《そんぴん》、馬武《ばぶ》、張飛《ちょうひ》を祭りあげる連中もいます。詳細は分析しきれていません。公使館の通訳官は一等も二等も大忙しで、公文書の翻訳にも追われていて、こっちまで手がまわらないんです」

池澤がいった。「櫻井は語学に堪能です。ここの警護がてら手伝わせましょう」

櫻井は思わず絶句した。瓦版の途方もない分量に圧倒される。

杉山が笑顔になった。「ありがたい。義和団の実態は早急に解明する必要があります。伍長さんが力になってくれるなんて」

「いえ」櫻井は当惑せざるをえなかった。「困ります。得意なのは会話でして、こうして瓦版を見ても、見慣れない表現や知らない漢字が多用されてて」

「この国は方言が多種多様なので、一読して理解できないのはやむをえません。暗号を解読するように、根気強く臨むべきでしょう。なに、私も協力しますよ。こう見えても暗号解読は得意です」

「外務省にお勤めなのにですか」

「まあね。海軍が使用している暗号の難易度をたしかめてほしいという依頼が、外務省にありまして。私が担当したんです。清国との海戦で用いた暗号らしいんですが、難なく解読できました。それをきっかけに、海軍は新しい暗号に移行しました」

「すごいですね」

「この翻訳も、毎日少しずつ消化していけばいいんです」

「でも……。夜の警護のついでに、どれだけ捗《はかど》るか」

池澤が冷ややかな表情を浮かべた。「おまえ、清の官兵にまかせておくべきじゃないって主張してただろう。昼間も警護すべきといったな。志願と受けとらせてもらうが、それでかまわないか」

「……はい」櫻井は応じた。軍曹にいわれて拒否できるはずもない。

飯塚がきいてきた。「支那語はどこで学ばれたんですか」

櫻井は答えた。「ほとんど独学です」

「ほかにはどんな言語を?」

「英語とフランス語がまずまずです。ドイツ語やロシア語は日常会話ていどで」

「素晴らしい」飯塚が目を輝かせた。「杉山さん。駐在武官の紫禁城訪問、こちらの伍長さんに同行してもらったらどうでしょう」

杉山はさも名案だというようにうなずいた。「そりゃいい。第一師団の将校にお願いしたんですが、到着が遅れてるんです。駐在武官の柴中佐は、自分ひとりでも行くといってきかなくて。引き受けていただけますか」

池澤が間髪をいれず姿勢を正した。「身に余る光栄です」

櫻井は戸惑いながら杉山を見つめた。「あのう。柴中佐というお方は……」

杉山が笑った。「イギリスでも駐在武官をお務めになったうえ、先日までアメリカにおられたのです。きっと学ぶことがたくさんあると思います。著名な作家、東海散《とうかいさん》士《し》の実弟でもあるのですよ。東海散士の本名は柴四朗《しろう》ですから」

吉崎が櫻井に皮肉っぽいまなざしを向けてきた。「出身がどこか聞かなくていいのか」

「出身？」杉山は目を丸くした。「柴五郎中佐のですか。上長官ですし当然、陸軍士官学校をお出になっていると思いますが」

「いえ」吉崎がにやりとした。「そうではなくて、櫻井は柴中佐の地元がどこか気がかりなようでして」

杉山があっさりといった。「たしか青森だったんじゃないかな。でもどうして気になるんですか」

櫻井はあわてて首を横に振った。「なんでもありません。失礼しました」

冷や汗が滲みでてくる。青森。やはり会津藩が追いやられた斗南か。一介の会津藩士の子が陸軍士官学校をでたというだけでも驚きだ。だが、いまでも少年期の遺恨を引きずってはいないと、どうしていえるだろう。

4

その朝、櫻井は眠気をこらえながら、紫禁城の東華門の外にたたずんでいた。村田連発銃を肩に担ぎ、辺りに警戒の目を配る。

あいかわらず市街地は賑わっていた。東華門大街から、城の敷地《しきち》を濠《ほり》のように囲む筒子河《とうしが》にかかる橋を越えると、この東華門へ行き着く。日本の場合、宮城《きゆうじよう》の石橋の上で商人が店を開くなど考えにくいが、ここには椅子ひとつを置いてハサミ片手に床屋を営む辮髪がいる。

公使館職員らの話をきいたからか、市街地にいる義和団がよく目につくようになった。紅巾もいれば黄巾もいる。紫禁城のすぐ近くというのに、刀を振るって演武をおこない、大勢の見物人を集めていた。上半身裸、筋骨隆々の辮髪が、意気揚々と叫んだ。この青龍偃月刀《えんげつとう》をもってすれば、洋毛子《ヤンマオツ》の群れなど一刀両断。その芝居がかった節まわしに、拍手喝采がひろがった。

ヤンマオツ。西洋人への憎悪を剥きだしにした蔑称だった。ほんの数日で、義和団の活動はずいぶん大胆になったと感じる。規模を大きくしたぶん、見世物を装ってはいるものの、それだけ人寄せ効果も増幅している。民族衣装に似た清の官兵らも、特に注意する素振りは見せない。

東華門の前には、ぼろをまとった老人が立っている。木製の小槌《こづち》を手にし、背を門にもたせかけていた。門といっても日本の神社の楼門や、寺の山門と同様、それ自体がひとつの建造物であり、さらに絢爛豪華《けんらんごうか》な色彩と彫刻が施されている。老人はそんな東華門にまるでそぐわない存在だった。浮浪者かと思いきや、櫻井が近づくと猛然と抗議してくる。下っ端の兵隊が来るところじゃない、出直して来い。顔を真っ赤にしてまくしたててくる。

官兵が小走りに駆けてきた。彼は門番だから非礼な態度をとるな、そう忠告してきた。

門番。落ちぶれた官僚が取るに足らない職を与えられ、食い扶持《くぶち》をつないでいる、たぶんそんなところだろう。

近くにいた吉崎が歩み寄ってきた。「どうした。またいざこざか?」

「いや」櫻井は吉崎を見かえした。「頭がぼうっとして働かない。毎晩遅くまで瓦版の翻訳作業だよ。翻訳っていうより、ありゃ解読だな」

「義和団について、なにか新しいことわかったのか」

「どうかな。義和拳の前身、梅花拳ってやつな。六本の杭《くい》を地面に立てて、その上をひょいひょいと渡りながら訓練するってさ。杭の高さは一・五メートル。杭の並びが梅の花のかたちに似てるから梅花拳」

「軽業みたいだな」

「雲のように水のように、自由自在に動きまわるらしい」

「見世物としちゃ面白そうだが、戦力になるのかよ」吉崎が表通りに目を向けた。義和団を見物する人だかりに注意を引かれたらしい。

いくつもの視線がこちらに向けられている。群衆はすでに感化されているのか、日本の軍服に対し露骨に顔をしかめていた。ひとりが拳を振りあげ、きくに堪えない罵声を発する。たちまちほかも同調しだした。

吉崎がきいた。「なんていってる？」

「知らぬが仏だろ」

「だな。櫻井。滅洋の洋ってのは西洋人のことだよな。ひょっとして俺たち日本人は含まれてないのか」

義和団の取り巻きたちの興奮はおさまらないらしい。怒号は増すいっぽうだった。やがて群衆ごとこちらへ向かってきた。清の官兵は素知らぬ顔をしていたが、さすがに集団が橋に差しかかると、行く手に立ちふさがり押し留《とど》めた。ただし肩にかけた銃を下ろそうとはしていない。抑制の効果は未知数だった。

吉崎がつぶやいた。「俺たちが銃をかまえちゃ一大事だろうな」

櫻井はうなずいてみせた。「どう見ても、滅洋の洋は日本人を含んでるようだ」

「戦争が終わったばかりの敵国だしな」

官兵の制止により群衆の前進は鈍ったものの、いまだ興奮状態だった。東華門大街から池澤軍曹が駆け戻ってきた。

池澤がきいた。「なにかあったのか?」

吉崎が姿勢を正した。「なんでもありません。柴中佐は、まだお見えではありませんか」

「ああ」池澤が当惑のいろを浮かべ、制帽の鍔《つば》を正した。「大通りを見まわしても、それらしい馬車が目につかない。じきに約束の時間だというのに」

人影がひょっこり現れた。あたかも散策のような歩調だったせいか、櫻井はその姿を注視するのが遅れた。池澤や吉崎も、間近にたたずむ人物に対し、ろくに向きあってもいない。

背はさほど高くなかった。制帽を脱いだ。髪を短く刈りあげている。年齢は四十代半ばか。日本人のようだが、服装は民間人の背広とはずいぶん異なっている。いや、軍服だ。

思いがそこに及ぶまで数秒、櫻井は衝撃とともにすくみあがった。濃紺絨《のうこんじゅう》の軍衣。目の前に立っているのはまぎれもなく、陸軍砲兵中佐その人だった。

気づくのが遅れたのは、当人が妙に腰を低くして振る舞うせいでもあった。制帽を脱いだのち、あろうことか漢人の群衆に向かって深々と頭をさげている。

興奮状態にあった集団が、ふいに静かになった。誰もが茫然《ぼうぜん》と立ち尽くしている。面食らって言葉を失った、あるいは呆れて声もでない、そんな反応に思えた。

無理もない。日本の軍人がいきなり民衆に頭《こうべ》を垂れた。しかもその深々とした一礼は、どう見ても詫《わ》びと受けとるのが自然だった。目が点になるのも当然だろう。

闘争心に水を差されたせいか、群れはぞろぞろと散開しだした。一部が図に乗ったように、侮蔑に等しい罵声を浴びせてくる。しかし清の官兵が立ち去るよう声を張ると、最終的に全員が追い払われた。

柴五郎中佐が振りかえった。口髭《くちひげ》をたくわえているが穏和な顔立ちで、あっけらかんとした表情をしている。いま起きたできごとに対する屈辱は、微塵《みじん》も感じられなかった。

「いや」柴が微笑とともに帽子をかぶった。「余裕を持って来るつもりが申しわけない。なんとか間に合った。ほっとしたよ」

池澤が真っ先に敬礼した。櫻井もあわてながらそれに倣った。吉崎の反応は鈍く、池澤から睨みつけられ、ようやく敬礼の姿勢をとった。

柴は敬礼をかえしたが、これ見よがしでない最小限の動作だった。

下士の分際で中佐と間近に向きあうことなど、通常考えられない。特殊な状況下ならではといえる。しかも柴は部下を連れてきていなかった。軍隊に入って四年目の伍長にとって、どう接するべき相手かわかろうはずもない。

池澤も同様らしい。うわずった声を響かせた。「ご無礼をお許しください、柴中佐殿。申告いたします。陸軍軍曹池澤幸徳……」

柴は片手をあげて制した。「いいんだ。それよりもう時間だよ。醇親王《じゅんしんのう》をお待たせしてはまずい」

小柄で痩せていて、態度も控えめ。会津藩士の面影とはだいぶ異なる。人当たりのよい番頭か、小さな旅館の支配人という印象だった。まさか徒歩で、しかも単独で来

ると は思わなかった。

清国官兵が近づいてきた。柴はにこやかにおじぎをした。門の前にいる老人についても、門番だと知っていたらしい。柴はより深く一礼をし、支那語で告げた。日本公使館付駐在武官の柴五郎です。門番は鼻を鳴らすと、小槌で門をけたたましく叩いた。

吉崎が妙な顔で櫻井を見つめてきた。櫻井も吉崎を見かえした。同感だと目で伝える。

中佐にしては平身低頭がすぎる。官兵や門番に対し、むやみに頭をさげるのは如何《いか》なものだろう。なにより暴徒と化す寸前の民衆にも深々とおじぎとは。最敬礼ほどではないものの、いささか軽率な行動に思えてならない。

門がゆっくりと開いた。向こう側には、やはり清国の軍服が三人待ち構えていた。先頭のひとりが歩みでて、尊大な物言いで告げた。「ようこそ《チンバウチイチユエンジヤオ》。武器はこちらでお預《チユウライ》かりします」

柴がエペの軍刀を抜き、相手に引き渡した。なんと正装時の飾りも同然の軍刀が、柴の携えてきた唯一の武器らしい。拳銃すら持たないとは不用心すぎる。

櫻井も村田銃を手放さざるをえなかった。清国兵士が日本の下士にしめす態度は、柴に対するそれとは明確に異なっていた。さっさと寄こせ、そういいたげに片手を差しだしてくる。

丸腰になると、なんともいえない心細さが全身を包んでいった。吉崎も不安げに表情をこわばらせている。池澤は虚勢を張っているのか、行進のように堂々とした足どりで柴につづいた。

門をくぐり紫禁城の敷地内を歩きだす。石畳の庭園がひろがっていた。金いろに光る屋根瓦の建物がそこかしこにある。歩道の行く手には人工の小川が横たわり、アーチ橋が架かる。壮麗な眺めに思えるが、櫻井は読書を通じ紫禁城の構造を理解していた。ここは紫禁城の南東の端、ほんの一角にすぎないはずだ。

柴が先導する兵にいった。「これは見事ですな、白眉というか《ジャカジエンシイジユアンリイア》」

すると兵は軽い口調で応じた。「この辺りなんて、そんなに豪華じゃありませんよ。《ジャハイブゴウメイリイトウゲンチイパイ》

東華門は大臣が用いる門なので」

わざわざ格式の低い門から迎えたと強調している。皮肉なのはあきらかだが、柴は涼しい顔でうなずくばかりだった。

櫻井のなかで不満が募った。なぜ抗議しないのか。いわれっぱなしにしておく道理はないはずだ。

黙々と歩きつづけ、誰もひとことも喋らない。沈黙には耐えかねる。櫻井は柴に話しかけた。「あのう。柴中佐殿」

すかさず池澤が咎《とが》めてきた。「櫻井」

柴は気にしたようすもなく振りかえった。「なにかな？」

飾らない態度といえばたしかにそうだ。しかし清国の最高機関を訪問中なだけに、もっと強気で骨太な上官であってほしいと感じる。いささか拍子抜けしながらも、櫻井は柴にいった。「支那語が実に自然にきこえます。文法も口語的です。どこで学ばれたのですか」

「ほう。きみも言葉がわかるのか」

「はい。でも独学では、中佐殿のように流暢《りゅうちょう》に話すことはかないません。頭のなかで漢文に置き換えてから、それを読みあげているので」

柴が声をひそめてきた。「じつは以前、北京に来たことがあってね。もう十三年も前になるか」

櫻井は驚いた。「ここは初めてではないのですか」

「いや、紫禁城に入った経験はない。なにしろ民間人としての旅行滞在だったからね。その前には福州に二年半ほどいて、上海《シャンハイ》にも立ち寄ったんだが、覚えた方言が都会じゃ通じなくて苦労させられたよ」

柴は思いだし笑いのような微笑を浮かべ、それきり黙りこんだ。

吉崎がまた眉をひそめてきた。今度は池澤までも戸惑いのいろを浮かべている。

櫻井も首を傾《かし》げたくなる心境だった。民間人とはどういうことだろう。陸軍士官学校をでているのではなかったのか。だがおよそ軍人らしくない振る舞いから、十三年前は民間人だったという話自体は、すんなり納得がいく。

民間から士官への登用は異例ではあるが、なくはない。海軍においては民間技術者の登用制度が失敗に終わった事例があるものの、陸軍では多大な貢献があったとして、名誉職のように上長官の階級を与えられた者がいるときいた。もちろん戦闘に参加することはないが、軍隊内の文官的立場として、なんらかの役職を与えられる例もあるらしい。

この柴五郎という中佐はひょっとしたら、その典型ではないだろうか。著名な作家の実弟という側面からも、どちらかというと文弱な身の上だったのではと推察される。齋藤記者によれば、柴五郎が十歳のころ父や兄とともに、若松城に籠城していたという噂があるという。だが籠城は眉唾ではないか。元会津藩士の家系といっても、十歳では戊辰戦争に直接参加していたとも思えない。兄も生きていてのちに作家になったのだから、家族そろって戦死や自害からは縁遠い立場にあったのかもしれない。なら、明治政府や薩長に遺恨を育てるほどの人生を歩んできたわけでもない、そういう可能性が浮上する。

長州藩出身者の下士に自己犠牲を強いるような、鬼の駐在武官ではないとわかり、その意味ではほっとした。しかし別の心配が頭をもたげてくる。

頼りがいがない。いまも三人の下士は丸腰だった。紫禁城内で孤立無援の立場にある。寄らば大樹の陰というが、この駐在武官は本質的に軍人ではないようだ。なにか起きたときに身を預けられないばかりか、逆に泣きつかれる可能性すらある。

不安を抱えながら石段を登り、協和門を抜ける。また新しい庭園に入った。金水橋を渡り太和門をくぐる。徐々に通過する建物の規模が大きくなっていく。

さらなる壮大な眺めが視界にひろがった。櫻井は息を呑んだ。これが噂にきく紫禁城の外朝か。正面には太和殿がそびえている。奈良の東大寺にある大仏殿を、奔放に規模を拡大したうえ、金いろに輝く無数の瓦で覆ったような印象だった。左に弘義《こうぎ》閣《かく》、右に體仁閣《たいじんかく》。いずれもこの世のものとは思えないほど光り輝いている。

吉崎がぼそりといった。「北洋艦隊の人材育成に金をかけられなかったわけだな」

櫻井は黙っていた。吉崎の指摘は半分だけ正しい。北洋艦隊の維持費が流用されたのは、西太后の庭園である頤和園《いわえん》の建設だった。それとは別に、ここ紫禁城にも途方もない金がかかっている。貧しさにあえぐ民衆の怒りももっともだが、まずいことにその矛先は清国政府でなく、日本を含む列強各国に向けられている。

広場には大勢の清国兵士が整列していた。外にいる官兵と異なり、軍服が洋式との折衷に仕立て直されている。袖口を絞ったうえ袖章が配されていた。ベルトやサーベルも身につけ、ブーツを履き、旌旗《せいき》を掲げている。政治制度改革は挫折したものの、手痛い敗戦を喫したからだろう、軍隊の近代化は少しずつ進んでいるらしい。

その一団を率いるように立つ老人がいた。唐装のなかでも礼服に近い煌《きら》びやかさを誇り、朝帽から後方に流れる孔雀《くじやく》の羽〝花翎《かれい》〟にも、双眼の装飾がついている。漢族ではなく、支配者階級の満州族にちがいなかった。

ここまで案内してきた兵が、柴に紹介した。「軍機大臣、栄禄《えいろく》閣下です」

栄禄の一重まぶたが柴をじっと見つめる。櫻井たちは眼中にないらしい。口髭をたくわえているという一点のみ、柴と栄禄に共通点があった。ただし、いかにも民間人然とした柴と、大国の重鎮という気配に満ちた栄禄では、言葉を交わす前から優劣に差がついている。櫻井にはそう感じられた。

柴は栄禄に敬礼し、妙に愛想よく告げた。「柴五郎です。このたび日本公使館付駐在武官となり、ご挨拶にうかがいました」

栄禄は笑いひとつ浮かべていなかった。「わざわざご足労いただき感謝します。しかし醇親王は体調がすぐれないとのことで、きょうはお会いになれません」

「なんと」柴は困惑のいろを浮かべた。「それはご心配ですな」

出直すという言葉を待つかのように、栄禄はしばらく無言のままだった。しかし沈黙が長くつづいたからだろう、栄禄は澄まし顔でいった。「私から醇親王に、ご挨拶があった旨お伝えしておきましょう」

「恐縮に存じます」柴が頭をさげた。「できれば今後のわが国の方針につきましても、お耳にいれておきたいと思ったのですが」

ふうん。栄禄はさして興味もなさそうに唸った。「私でよければ話をうかがいます」

すると柴は顔を輝かせた。「もちろんです」

「伊藤博文のように政治改革の押し売りをなさる気なら、ご遠慮願いたいが」

「いえ、とんでもない。偉大なる栄禄軍機大臣は、すでに軍備の改革に着手され、武衛軍を再編なさったではありませんか。私のほうこそ学ばせていただく立場です。身に余る光栄です」

またしても頭をさげている。櫻井のなかで苛立《いらだ》ちが募った。いくらなんでもへりくだりすぎだ。

かつて直隷総督兼北洋大臣だった栄禄は、清国における軍事力の統括者といえる。無残に敗れ去った北洋艦隊も、いわば彼の指揮下にあった。戦勝国の日本から来た駐在武官が、どうして世辞を口にし、おじぎをしなければならないのか。

まして栄禄は西太后の右腕であり、この国の近代化改革を挫折させたことで知られている。クーデターで皇帝から実権を奪った勢力に媚《こび》を売るなど論外ではないか。栄禄はたったいま、伊藤前総理をも侮辱したというのに。

だが栄禄はそれなりに機嫌をよくしたのか、太和殿を指ししめした。「なかで話をうかがいましょう」

「ありがとうございます」柴が導きに従い歩きだした。

「陸軍砲兵中佐だそうだが」栄禄は柴と並んで歩いた。「どのような組織形態なのかな。袁世凱は新建陸軍をつくるとき、日本とドイツの陸軍を参考にしたというが」

「大臣はよくご存じのはずでしょう。新建陸軍は武衛右軍へと改編したうえ、前後左右中の五軍に編入したのですから」

「つい最近のことなのに、知っているとは驚きだ。改編をどう思われるかな」

「非常に機能的で近代的です。武衛右軍を三千人増強なさったのは、じつに的確な判断かと……」

櫻井は吉崎や池澤とともに、その場にたたずんでいた。柴と栄禄がともに遠ざかるのを、無言で見送るしかない。

柴が足をとめ振りかえった。櫻井たちを眺めながら栄禄にきいた。「彼らも一緒によろしいですか」

「よかろう」栄禄はうなずいた。「しかし、言葉もわからぬ者をそばに置いても、私たちの話し合いに貢献できますまい」

「いえ」柴は櫻井を指さした。「彼は少し話せますので」

栄禄は冷やかな目を櫻井に向けた。「では、日本の若い伍長よ。皇太后陛下にお仕えするかね」

「えっ」櫻井は思わず絶句した。

頭のなかが真っ白になる。彼らのいう皇太后とは、すなわち西太后だ。いまや万人が恐れる無慈悲な独裁者。

自分でも気づかないうちに、ひきつった顔をしていたのだろう。清国の兵士たちがいっせいに笑い声をあげた。

その反応を見てようやく、栄禄の言葉が冗談だったと悟った。だが櫻井は笑うどころではなかった。まだ動揺がおさまらない。

栄禄も口もとを歪《ゆが》めている。ふたたび柴とともに太和殿へと歩きだした。

櫻井のなかに、恥をかかされた怒りがこみあげてきた。

池澤が難しい顔になり、櫻井を見つめてきた。「なにを喋ってるかはわからんが、なめられてるようだな。しっかりしろ、おまえだけでも」

おまえだけでも。その物言いには、すでに柴中佐が期待はずれの人物だったという、言外の意味が汲《く》みとれた。

吉崎もしらけた顔で、櫻井の肩を軽く叩いた。「俺たち、もう死んだも同然かもな。あの駐在武官殿に仕える以上は」

柴が声をかけてきた。一緒に来てくれ。池澤と吉崎が歩きだした。

清国兵士たちは左右二列に分かれて道をゆずった。にやにやしながら櫻井を眺めている。櫻井はうつむきながら小走りに駆け抜けていった。

5

日が暮れた。北京にいる日本の下士や兵は、公使館近くの粗末な宿舎で雑魚寝《ざこね》している。だが池澤軍曹以下、櫻井と吉崎の三人は、入院患者警護のためセント・ジョージ病院に寝泊まりを許された。とはいえ個室が与えられたわけでもなく、日本公使館職員用の事務室で床に寝転がるだけだった。それでも清潔な環境と静寂が有難《ありがた》かった。

櫻井は気持ちを切り替え、書記生の杉山とともに瓦版の翻訳に取り組んだ。しかし吉崎は、まだ吹っ切れていないようだった。

憤懣《ふんまん》やるかたないようすで吉崎は声を張った。「やってられねえな。中公のおかげで、清の大臣や兵士に笑われた。あんなカビの生えた、京劇みたいな身なりをした連中にだ。あいつらどういうつもりだ。北洋艦隊が海の藻屑《もくず》と化したのを忘れたのかよ！」

中公というのは、ふつう中隊長の悪口をいうときの隠語だった。池澤もそこが気になったらしい、仏頂面《ぶっちょうづら》で指摘した。「中隊長は大尉や中尉だぞ。柴中佐は当てはまらん」

かまうかよ、吉崎のしかめ面にはそう書いてあった。「失礼しました。そんな雲の上のかたを小馬鹿にした経験はありませんので、どう呼べばいいかわかりませんで」

「それぐらいにしとけ」池澤はうんざりしたようすでため息をついた。「俺も警護の任務がなきゃ、芋焼酎で一杯やりたい」

吉崎は櫻井を睨みつけてきた。「おまえはどう思うんだよ。柴中佐は、最後まで栄禄とやらにペコペコしっ放しだったじゃないか。負け知らずの大日本帝国はいつの間に敗戦した？　民間取引なら御用聞きみたいな態度も有効だろうが、俺たちゃ軍人だぞ」

池澤が天井を仰いだ。「たしかに民間人からの登用としか思えない態度だ。戦争ってものを根本的にわかってない気がする」

櫻井は黙って瓦版の文面を眺めていた。判然としない複雑な思いが渦巻く。

柴と栄禄の会談が始まるまでは、櫻井も柴の素質に疑いを持っていた。しかし会話に耳を傾けるうちに、柴に対する印象が少しずつ変わっていった。

言葉のわからなかった池澤や吉崎が激昂《げきこう》するのも無理はない。態度だけ見ていれば、柴が下手《したで》にでずぎているように感じただろう。だが実際の会談内容はいささか異なる。

栄禄はさかんに日本陸軍の内情をさぐりたがっていたが、柴は終始温厚な態度をとりながら話をはぐらかしつづけた。突っこんだ質問をされた場合、かならず清国軍の最新事情に詳しいことをのぞかせ、栄禄の関心をそちらへ誘導した。結果、栄禄は軍の近代化について助言を請うばかりになっていた。柴は終始、栄禄に対し指導的立場を守った。しかも日本側の手の内をいっさい見せず、清国側の内情に関しては、いくつかの情報を引きだした。たとえば武衛右軍の歩兵隊と騎兵隊、砲兵隊を拡充する予定があることは、おそらく初めて栄禄の口から語られた新事実だった。

栄禄がそれだけ会談に熱をいれたのは、柴の知識が本物だと信じたからにちがいない。柴は清国の軍備について、栄禄を驚かせるほど詳しかったことになる。駐在武官に就任したのだから、陸軍省から重要機密を授けられたのかもしれない。しかしそれだけで、清国の軍機大臣を圧倒できるだろうか。なにより、民間から登用された名目だけの上長官に、そんな芸当が可能か。まずありえない。

吉崎は詰め寄ってきた。「櫻井。なんで黙ってるんだよ」

杉山が瓦版から顔をあげ、穏やかにいった。「まあそう興奮なさらずに。柴中佐はたしかに控えめなかただけども、民間から登用されたわけじゃないでしょう。若くして陸軍砲兵少尉に任官され、近衛《このえ》砲兵大隊小隊長、連隊小隊長、中隊長と進級されてるはずです。その時点で大尉になっておられましたし、士官学校教官もお務めになりました」

池澤が腑に落ちないようすでいった。「失礼ですが、杉山さんは柴中佐の軍歴を書面でご覧になっただけでしょう。でも柴中佐は、十三年前に民間人として北京にいたとおっしゃいましたよ」

「はて」杉山は軽い口調で応じた。「それはよくわからないが、柴中佐が北京にお詳しいのはたしかです。どの路地に靴磨きがいるか、美味《うま》い点心はどこで売ってるか、こと細かにご存じです。支那語も達者ですしね。道端の商人とも気さくに会話なさってます」

吉崎がふんと鼻を鳴らした。「なら瓦版の翻訳係、中佐殿こそ適任でしょう」

さすがに言葉が過ぎると櫻井は思った。「よせよ。これは俺の仕事だ」

「おまえ」吉崎が櫻井を見つめてきた。「なんで清国の兵隊どもに笑われたんだよ。直前に栄禄はなんていったんだ？」

「支那語がわかるなら西太后に仕えたらどうだ。そんなようなことをいってた」

吉崎は唖然《あぜん》とした表情になった。「それでおまえ、ただ黙ってたのか」

「すぐに冗談だと気づいたよ」

「冗談？　最悪の侮辱だろうが。あいつはおまえに宦官《かんがん》になれといったんだぞ」

池澤が唸るようにつぶやいた。「吉崎。それぐらいにしておけ」

吉崎はなおもまくしたてた。「いやしくも日本男児相手に、去勢をふさわしいとするような言動を……」

ふいに池澤が怒鳴った。「吉崎！　外で見張りの時間だ。すぐにでろ」

室内が静まりかえった。吉崎は憤然とした顔で、立てかけてあった小銃をひったくると、ドアの外へでていった。

沈黙のなか、杉山が落ち着いた声を響かせた。「ずいぶん気が立ってるようですね」

池澤がため息をついた。「仕方ないでしょう。師団を遠く離れたいま、駐在武官殿が上官です。部隊の習わしや規律とも無縁の状況で、どんな命令が下るかもわからず不安になってます。正直、自分もなかなか冷静ではいられない心境です」

杉山は微笑した。「心が休まらないのは誰でも同じでしょう。けれどもこの国は、維新前の日本と同じです。アジアで最初に近代化した私たちが導いてあげないと。でなきゃ清国は西欧列強に政権をとられて植民地化し、日本にとって脅威になってしまうかも」

池澤がわずかに視線を落とした。「杉山さんを支えているのは、それを達成せねばという使命感ですか」

「使命感というほど大げさじゃないな。私は水戸藩士《みとはんし》の子として生まれたんですが、五歳で大政奉還、六歳で江戸城開城、九歳で廃藩置県と、小さいころにどんどん世のなかが変わってね。自分の成長と国の発展が、歩調を合わせているようにも感じてたんです。だから思いあがりかもしれないけど、国の近代化は自分のことのように教えられる気がしてるんです」

櫻井はいった。「きっとそれは、思いあがりなんかじゃないでしょう」

「だといいですけどね」杉山は表情を和ませていた。「外務省に入り、清国に赴任して三年目です。この歳になると、子供の成長を見守ってる親の気分ですよ。図体《ずうたい》がでかい分、日本ほど機敏じゃないですが、きっといい子に育ちます」

池澤が微笑を浮かべた。櫻井も半ばつられるも同然に笑った。

「でも」櫻井は素朴な疑問を口にした。「義和団が拡大の一途をたどってるいま、近代化は難しいんじゃないですか。この国の大衆はみな反発しているでしょう」

杉山の表情は変わらなかった。「いえ。民衆にも平和を望む人は多いはずですよ」

「そうですか？　この瓦版を読むかぎりでは望み薄ですが」

「いえ。たとえば北京郊外の江亭の近くで、日本と清の友好の証という木彫りのお守りが売っているそうです。直径五センチほどの円板で、鶴と龍が彫ってあり、日本と清を表しているとか」

「そんな物が売っているんですか。ご覧になったんですか」

「私も噂にきいただけですけどね。貧しい村民の内職で、道端で売られているだけのようです。けれども規制されていないのなら、この国の司法も日本との友好に否定的じゃないんでしょう」

池澤が苦笑に似た笑いを浮かべた。「民芸品で、しかも存在自体が噂ですか」

直径五センチの円板。見たことがないと櫻井は思った。「あったとしても、単に木彫りの鶴と龍というだけでは……」

「いや」杉山は笑顔になった。「清日友好とも彫ってあるそうですよ」

「まさか」池澤が首を横に振った。「売り子は官兵か義和団に殺されちまうでしょう。食うにも困る農民が、いじらしくも命懸けで民芸品を通じ、こつこつ平和を広めようとしてるなんて。本当にいれば勲章ものでしょう」

杉山が櫻井に目を移してきた。「あなたもそう思いますか?」

櫻井はため息とともにうなずいた。「にわかには信じられませんね」

「私は信じていますよ」杉山が希望に満ちたまなざしでいった。「日本だって戊辰戦争までは大混乱だったんです。この国にも平和を求める民衆の力はあるはずです」

戊辰戦争と杉山が口にした。いまだから尋ねられる気がする。櫻井は杉山を見つめた。「あのう。柴中佐は会津藩の出身だときいたんですが」

杉山がうなずいた。「十歳の少年だったから、西軍が攻めてきたとき城内にはいなかったでしょう。でもお兄さんたちは戦闘に参加したようです」

「そうなんですか」

「ええ。次男の謙介《けんすけ》さんが日光口で亡くなってます。ほかの兄弟は怪我《けが》を負ったりしたものの生き延びたとか。東海散士の四朗さんも、西軍の捕虜になって一命をとりとめました。ただ一家の女性たちは……」

「女性?」櫻井はきいた。

池澤が察したようにつぶやいた。「籠城戦で女子供も城内に入るようお達しがでたらしい。それに従って、西軍の砲撃の犠牲になった女性たちもいた。ほかにも、予想される食料不足に備えて、自刃を選ぶ女性も少なくなかったとか」

杉山の表情が曇った。「柴中佐の母や、祖母、兄嫁、姉妹は、みずから命を絶ったそうです。以後、生き残った家族も斗南藩で過酷な日々を送ったでしょう」

櫻井は陰鬱な気分になった。「明治政府は、敗残者を流刑も同然に……」

「いや。会津藩の生き残りは、下北半島へ強制移住させられたわけじゃないんです。藩士たちは会津松平家の再興を望んだんですが、新政府はすでに旧会津領を没収し政府直轄地にする決定を下していました。だから藩士らに再興する気があるなら、斗南三万石でと提案したのです。領地面積の縮小や過酷な環境は、敗戦側だからやむをえません。でも移住自体は、彼らの意思だったんです」

池澤が唸った。「頑固ですね。ならぬものはならぬってやつですか。柴中佐はそんな性格には思えませんでしたが」

杉山がまた微笑した。「よく誤解されがちですが、会津の教えはたんなる意地っ張りではないんです。藩の子供たちにしめされた什《じゅう》の掟《おきて》には、具体例が挙げられています。年上に背くな。年上にお辞儀をしろ。嘘《うそ》をいうな。卑怯《ひきょう》な振る舞いをするな。弱い者いじめをするな。外でものを食べるな。ただし、外で女性と口をきくなという決まりは、のちに少なくなっていったそうです。最後の締めくくりに、ならぬものはならぬと書いてあったんです」

「お詳しいですね」

「調べたんですよ。みなさん気にしておいでだったので。柴中佐が会津藩出身とわかりましたが、私はなんの心配もしておりません」

櫻井のなかに納得がひろがっていった。やはり柴中佐の経歴は、公使館の書記生にとっても異例に思えたのだろう。けっして櫻井らの取り越し苦労ではなかった。

下士の分際では、陸軍砲兵中佐の軍歴をたしかめるすべはない。書面を求めることさえ恐れ多い。しかし杉山が認めるような口ぶりをしている。なら自分たちも受けいれるべきでは、櫻井にはそんなふうに思えてきた。柴の相手を選ばず腰を低くする態度には賛同しかねるが、少なくとも見せかけだけの軍人ではないのだろう。

ただし、疑念のすべてが払拭されたわけではない。杉山は柴がかつて北京にいたことを知らないらしい。軍歴に記載されていなかったのだろうか。

池澤が置時計を眺めた。「十時だ。そろそろ病室の換気を」

櫻井は立ちあがった。「行ってきます」

入院中の関本千代は、夜の闇をひどく恐れる。そのため朝まで病室にガスランプを灯《とも》している。ときどき交換する必要があるし、窓を開けて換気しなければならない。彼女の父や姉には仕事があるため、毎晩付きっきりというわけにはいかなかった。よって雑務は警護のついでに、櫻井たちの手でおこなうことになっていた。

暗い廊下にでると、櫻井は予備のガスランプを灯した。周りを照らしながら病室へ向かった。眠りを妨げないていどに軽くノックする。返事はない。失礼します、そうつぶやいてドアを開けた。

千代は眠っているようだった。目覚めたらまた取り乱すかもしれない。足音をしのばせ窓際へと向かう。飾り棚に置かれたガスランプは消えかけていた。持ってきたランプと交換する。

ふいに女性の声がささやいた。「兵隊さん」

びくっとして櫻井は振りかえった。ほのかな光のなか、シーツの端からのぞく千代の顔が浮かびあがった。ぼんやりと目を開いている。依然として青白く痩せこけた面立ちだったが、落ち着きは取り戻している。瞳が大きいせいか、まるで幼子のように見えた。

櫻井は緊張とともにいった。「ごめんなさい。そのう、起こすつもりはありませんでした」

すると千代はか細い声で告げてきた。「起きてました。眠れなくて」

そうだったのか。櫻井は安堵のため息を漏らした。「心配いりません。自分たちがちゃんと夜通し見張ってますから。あ、窓を少し開けますけど、怖がらないでください。病院の周りも、仲間がしっかり監視してます」

千代は低く唸った。櫻井をじっと見つめてくる。「兵隊さん」

「なんですか」

「神様、いると思いますか」

櫻井は千代の枕元を眺めた。聖書と小さなマリア像が置いてある。姉の章子が昼間訪ねてきたときに残していったらしい。

「ええ」櫻井はうなずいてみせた。「でなきゃ負け知らずの国なんてありえませんから」

千代は浮かない表情になり、小さくため息をついた。「すべて剣を取る者は剣によって滅びる」

「ゲッセマネの園で、イエスがペテロに対していった言葉ですか」

はっと息を呑み、千代が頭を起こした。「聖書をご存じなの？」

「いえ。でも本はよく読むので、引用された解説書に目を通したことがあって」

「そう」千代はささやくと、シーツにくるまるように寝返りをうち、櫻井に背を向けた。「兵隊さん。ご家族は？」

「父と母と、姉がふたり。弟がひとり」

「お母様は……。おひとりですか」

思わず苦笑が漏れる。櫻井はいった。「祖父も曽祖父も、お金持ちの商人じゃなかったし、何人もお嫁さんを迎えたりしませんでした」

「そうですか。わたしと同じですね」

「母親が複数いたとしても、産んでくれたのはひとりだけでしょう」

千代がため息とともに仰向けになり、目を閉じた。櫻井は戸惑った。いうべきではなかったかもしれない。太原の教会でなにが起きたか、すでに伝えられていた。たったひとりの母親を失った、その苦痛を思い起こさせてしまっただろうか。

明治政府の発足後も、しばらくは一夫多妻制が残っていた。夫は妻に気にいらないところがあれば、すぐに離縁し捨ててしまう風潮があった。姑《しゅうとめ》と妻のそりが合わない場合も同じ運命だった。

七回以上の離縁を禁ずるとした民事慣例が、江戸時代から土佐国高知郡に存在する。それだけ妻を捨てる夫が多かったからだ。

二年前、ようやく夫からの一方的な離婚を困難にする法律が整った。家族愛という西欧の理念が紹介され、夫が妻を労働力としか見なさないのは誤った思考とされた。

公私とも男女同権に理解をしめしてこそ知識人、そんな価値観が尊重されるようになった。

近ごろ日本の新聞ではよく記事になっている。男尊女卑を引きずった要人の醜聞が暴かれ、役職を追われた例もあった。不都合な事情を隠すため、夫が妻に変名を強要することも増えたという。

もっとも、啓蒙家《けいもうか》が西洋の美徳として恋愛なるものを推奨しようと、世間にはいまひとつ浸透していないようだった。結婚相手は家と家が決めるもので、遊郭や妾《めかけ》のような戯《たわむ》れとはちがうのではないか。誰もがそんな思いを抱いている。

カトリックを信仰する関本家にとっては、一夫多妻制などまるで無縁にちがいない。母がひとりでなければ悲しみも軽減される、千代が本気でそんな想像をめぐらせるとも思えない。ただ辛《つら》さを和らげたいがための、空虚なひとことだったのだろう。

千代の目が開いた。ささやくような声がきいた。「兵隊さんも、お母様はひとりだけなんですね」

「ええ」さっきと同じ質問だったが、櫻井は穏やかに応じた。「そうです」

「じゃあ生きて帰ってくださいね。兵隊さんがいなくなったら……」

「なんですか」

「辛いでしょう。ご家族が」

櫻井は困惑とともに押し黙った。静寂のなか、千代の嗚咽らしき声がかすかにきこえた。泣いているようだ。

哀感がこみあげてくる。母を失った千代が不憫《ふびん》でならない。しかし櫻井にはどうすることもできなかった。

ガスランプのなかで小さな炎がちりちりと音を立てる。窓から吹きこむ微風を受け、炎は赤と青のはざまで揺れつづけた。それにつれて室内がしきりに明滅する。

おやすみなさい。櫻井は静かに告げ、消えかけたほうのランプを取りドアへと向かった。廊下の暗がりにでると、後ろ手にそっとドアを閉める。完全に閉じきるまで、千代の押し殺したようなすすり泣きが耳に届いていた。

6

五月になった。北京の春も終わりに近づいた。砂塵嵐《さじんあらし》はあいかわらずだが、陽射しを強く感じる日も増えてきた。漢人の着る綿入れも、薄手の単衣《ひとえ》へと替わっている。

帝都の雰囲気はあきらかに悪化した。義和団は紅巾にほぼ統一がなされ、前門大街や崇文門《すうぶんもん》周辺のような目立つ場所で、公然と人寄せ行為に及ぶようになっていた。演武はより派手になり、発言も過激さを増した。何本もの杭を地面に立て、その上を飛びまわりながら刀を振る梅花拳の披露に、群衆は熱狂的な反応をしめした。もはや流派を隠そうともしていない。

櫻井も最近になって知ったが、北京には道路を塞ぐことを禁じる法律があった。あれだけの数の商人が、道端に陣取っているのを考慮すると、清の官兵が受けとった賄賂の総額は莫大《ばくだい》と推察される。義和団が細々と拳法の訓練を披露していたころから、すでに裏金が動いていたのだろう。いまや義和団の規模は、官兵に媚を売る必要がないほどに膨れあがっている。

壁の落書きも増えた。扶清滅洋、あるいは替天行道とペンキで大書されている。替天行道とは、皇帝に成り代わり朝廷への反逆者らを討伐してまわる、そんな意味と解釈できる。演武に興じる義和団は旗を掲げないため、連中の仕業と断定する証拠はない。だが真実は誰の目にもあきらかだった。

義和団自体、もう法を恐れているようには見えない。人寄せ目的でなくとも、紅巾の誰もが刀や槍を携え練り歩いている。西洋の民間人を見るたび、刀を抜いて振りまわし威嚇する。首をはねるふりをして寸止めにする、そんな行為が日常茶飯事になり、失神する婦人も続出した。しかし西欧列強の兵士が駆けつけるころには、義和団はひとり残らず現場から消え失せていた。列強の軍人だけは標的にされないと知ったからか、各国の公使館には軍服を譲ってくれという申しいれが殺到した。

義和団は十数人ずつ徒党を組み、道いっぱいにひろがって往来するのが常だった。勢力が日増しに拡大し、義和団を見かけないことのほうが稀になった。日本人や西洋人は、いたるところに出没する義和団を避けてまわり、なんとか通行を果たすありさまだった。まさしく無法地帯と呼ぶにふさわしい。

相当な数の義和団が連日出現するからには、帝都のあちこちにアジトがあるにちがいない。家屋もしくは施設を義和団に提供する協力者がいるのだろう。しかし清の官兵がアジトを摘発できたという話は、いっこうにきこえてこなかった。

五月十八日、小雨《こさめ》のぱらつく朝だった。関本千代がセント・ジョージ病院を退院した。

櫻井は池澤や吉崎とともに、病院前の街路を警備していた。千代が父や姉に迎えられ、病室をでるときも、櫻井は立ち会わなかった。外で村田銃をかまえ、周辺に注意を払っていた。

ほどなく背後に馬車の音をきいた。道路を駆け抜けていく馬車の窓から、千代の顔がのぞいていた。どんな表情だったかさだかではない。父と姉が寄り添っていたことだけは見てとれた。揃って黒い装いだったのは、喪に服しているからだろう。

その前日まで、櫻井は長いこと病室を訪ねなかった。深夜、ガスランプの交換は吉崎に託していた。吉崎の話では、千代はずっと眠っていて、起きたためしがないらしい。櫻井には信じられなかった。眠れないと千代はいっていた。翌日から変化があったとは考えにくい。

とはいえ、彼女の心境を深読みしたところで、なんの意味があるだろう。

家族との突然の別れはいつでも起こりうる。戦時下になくとも、いまはそんな世のなかだった。千代がどんな人生を送ってきたか、櫻井には知りようがなかった。わかったところで安らぎを与えられるものではない。

神様、いると思いますか。千代はそうきいた。軍人は天皇陛下と祖国に命を捧げる。あとは仏壇に手を合わせるのみだった。神仏についてそれ以上考えたことはない。凡人として生まれたからには詮索もできない。

ガスランプは病室に置き去りにされていた。イギリス人の看護婦から、一個持ち帰っていいといわれた。関本一等書記官がそう告げていったらしい。池澤の許可を得たうえで、櫻井はガスランプを受けとり、公使館近くの宿舎へ戻った。ガスはなかった。火の消えたままのガスランプを枕元に置き、櫻井はふたたび集団で雑魚寝する日々を送りだした。

二日が経《た》った。櫻井は眠りこけていたが、頭を軽く小突かれ目を覚ました。蹴ったのは吉崎だった。寝ぼけた顔で軍服の上着に袖を通しながら、吉崎が見下ろした。「起きろよ。呼びだしだ」

まだ外は暗い。周りにも大勢が寝ている。櫻井は半身を起こしてきいた。「なにがあったんだよ」

「イギリス公使館へ行けってさ。池澤さんと俺らの三人で」

妙なところから呼びだしがかかった。櫻井は急いで支度をし、吉崎とともに外へでた。

石畳の路上は闇に包まれ閑散としている。池澤が銃をかまえ立っていた。遅いぞ、ささやくようにそういった。

櫻井も銃を肩から下ろした。暗がりで義和団に襲われないとも限らない。いま辺りにひとけはなかった。洋館のいくつかに窓明かりが灯っている。遠くで猫の鳴き声がする。もの音はそれだけだった。

周囲を警戒しながら、三人で道路を駆けだす。約一キロ四方、列強各国の公使館が集中している。東交民巷《とうこうみんこう》と呼ばれる区域だった。

内城の東南、崇文門から北へ延びる東四牌楼大街という街路の端に、日本陸軍が借り受ける宿舎があった。この道沿いにコロニアル様式の洋館が建っている。ベルギー公使館だった。東長安街と交わる十字路を西へ、御河《ぎょが》方面へ折れると、オーストリア＝ハンガリー公使館前を通りかかる。そのわきの街路を南下すれば、左手にイタリア公使館、右手には何倍も規模の大きなフランス公使館が見えてくる。清朝の伝統的建築で、城門に似たアーチ型玄関の両脇には獅子が鎮座する。塀の上部には屋根瓦が並ぶ。

フランス公使館の角を西へ折れる。東交民巷とは本来、この東西に延びるアカシアの並木道を指す。目抜き通りなだけに公使館が集中している。

しばらく進めば右手に日本公使館がある。ロココ風の彫刻を施した門の上部に菊の紋章を備えていた。二階建ての洋館はバロック様式で屋上を有し、円錐《えんすい》状の塔が存在する。石造りの玄関がフランス公使館に似ているが、若干小ぶりだった。敷地面積もイタリア公使館と変わらない。三国干渉の恨みもあり、フランスに反感を抱きがちになるが、ほとんどの公使館は日本と同規模だった。現にその先にあるスペイン公使館は、建物の大きさもほぼ共通している。斜め向かいには日本公使館御用達《ごようたし》の食料品と雑貨の店、東交民巷筑紫《ちくし》辮館がある。その隣りはドイツ公使館だった。

公使館はすべて隣接しているわけではなく、狭間に一般市民の小さな家屋が密集している。郵便局や銀行もあった。ドイツ公使館の西には香港上海《ホンコンシャンハイ》銀行が建っている。南御河橋を渡るとアメリカ公使館、露清銀行、オランダ公使館とつづく。道をはさんで向かいのロシア公使館は、これまたフランスに匹敵する規模を誇る。だがそれより北、御河沿いの奥まった場所に、最大の公使館が存在していた。じつにフランスとロシアを合わせた敷地面積を有するイギリス公使館。母屋となる大豪邸のほか、無数の離れを備える。世界に冠たる大英帝国ならではといえた。いや、六十年前のアヘン戦争でいちはやく清を打ち負かし、不平等条約を受けいれさせた成果か。

公使館が集中する区域はそこまでだった。西には清国の役所がひしめきあい、さらにその先は、内城の外壁で行き止まりになっている。

櫻井たちは御河沿いの道を進んだ。川は十メートルほどの谷底を流れていて、かなりの幅がある。河川敷《かせんじき》や土手は煉瓦で固めてあり、川辺に下りる階段もあった。川と逆側の道沿いには、煉瓦づくりの塀が延々と延びる。その塀に沿って歩くうち、イギリス公使館の門に行き着いた。

ランタンを手にした警備兵がいる。赤色の詰襟でシングルボタンの上着に紺色のズボン、イギリスの歩兵だった。櫻井たちが近づくと、あわてたようすでライフルをかまえ、銃口を向けてきた。

櫻井は間髪をいれず怒鳴った。「ウィーアージャパニーズ！　ドントシュート！」

なおもイギリス兵は銃口を逸《そ》らさない。別のひとりが近づいてきて、ランタンで櫻井らの顔を照らし、じっくりと眺めまわした。兵士は愛想笑いひとつ見せず背を向けると、ようやく門を開けてくれた。

吉崎が苦々しくつぶやいた。「赤い鉢巻でも巻いてくるんだった。さぞびっくりするだろ」

池澤は顔をしかめた。「仕方ないだろう。おまえは西洋人の出身国が区別つくのか」

広大な英国風庭園に足を踏みいれる。日中の陽射しの下でなら壮観かもしれないが、夜はひたすら陰鬱で薄気味悪かった。風に揺れる楡《にれ》の巨木が、無数の腕をひろげた生き物に見えてくる。ただし歩くのに難儀はしない。宮廷と見まごう二階建ての豪邸が、眩《まばゆ》いばかりの光を放っているからだった。

ネオクラシカルとジョージアン様式の融合、刳形《くりかた》の装飾に彩られた洋館の窓が明るく染まり、カーテンの繊細な刺繍を浮かびあがらせていた。贅沢なことに、室内照明のすべてに白熱電球が用いられているらしい。

吉崎がいった。「もう少し暑くなったら大変だろうな。北京じゅうの蛾《が》が飛来して窓にへばりつくだろうよ」

池澤はため息をついた。「嫌味はよせ。夏までこの公使館がもつなら願ったりだ」

「ですね」吉崎がなおも軽口を叩いた。「蛾じゃなく義和団が群がったら一巻の終わりです」

支柱に囲まれた玄関ポーチには、兵士だけでなく燕尾《えんび》服《ふく》姿の執事らしき初老が立っていた。西洋人の気どった仕草も、日本人を見下ろす醒《さ》めた目つきも、いまに始まったことではない。武器を寄こすよう手振りで伝えてきた。櫻井は指示に従った。三人で白昼のように明るい館内へ歩を進めた。

吹き抜けの玄関ホールからして広大だった。内装の豪華さに圧倒される。繊細な彫刻を施したマントルピースの暖炉にソファ、壁には肖像画が掲げられている。舞踏会でも開けそうだった。

そこから螺旋《らせん》階段が二階へ延びている。先頭に立つ池澤が登りかけて、ふいに足をとめた。硬い顔で行く手を見上げている。

なにが気になったのかはすぐにわかった。階段から二階廊下にかけて、各国の軍服がひしめくように立っている。一国につき数人ずつ。みな若く、兵かせいぜい下士のようだ。整列というよりただ並んでいるだけだった。手すりにもたれかかったり、腕組みをしたりしている。こちらを見下ろすまなざしはいずれも冷やかだった。

日本陸軍に近いドルマン式軍装に身を包むのはドイツ兵だった。紺いろの短ジャケットはフランス、ボタン七つが下士で九つが兵。アメリカの軍服は既製品ながら伸縮性のある、革やニット編みを採用している。ケピ帽で紺いろの上着に赤い肩章と袖章はオーストリア＝ハンガリーの下士だった。

櫻井たちは目を逸らして階段を登っていった。二階に達したとき、見覚えのある白い上着を視界の端にとらえた。以前にカフェテラスで会ったロシアの下士。丸顔の髭《ひげ》面《づら》がじろりと睨んできた。

　廊下の突き当たりにあるドアの前に、ひと目で日本人とわかる背広姿が立っていた。小走りに駆けてくると会釈した。「公使執事の大迫《おおさこ》です。お待ちしてましたよ。櫻井伍長は？」

　櫻井は敬礼した。「自分です」

「早くなかへ入ってください。会議はもう始まってます」

「あのう」櫻井は戸惑いを禁じえなかった。「どういうことでしょうか」

　大迫はじれったそうにいった。「柴中佐があなたにも立ち会ってほしいとお望みです。会議の公用語はフランス語ですから、それがわかる人には全員参加していただきたいのです。重要な発言について、できるだけ多くの証人がいたほうがいいですから」

　そういうことか。緊張をおぼえずにはいられなかったが、躊躇している場合でもなかった。櫻井は池澤に敬礼すると、大迫の先導につづき歩きだした。

　ふと気になり背後を振りかえる。ロシアの下士が池澤と吉崎に、下へ行けと親指でしめしている。池澤たちはその場を動かず睨みかえしていた。

　対立の行方を見守りたいが、いまは与えられた任務がある。櫻井は開いたドアの向こうへ踏みいった。

とたんに櫻井は立ちすくんだ。圧倒されるとはまさにこのことだった。

室内は西欧の宮廷のように煌びやかで、玄関ホールよりさらに広かった。長テーブルには異人がずらりと並ぶ。仕立てのよさそうなスーツはみな中年以上で、ほとんどが髭をたくわえ、頭髪は薄くなっていた。白人ばかり総勢十人に加え、端にもうひとり日本人が同席している。以前に警護の任務で見かけたことがあった。生え際が後退しているものの、知性溢《あふ》れる面立ちが記憶に残る。前外相にして日本公使の西徳二郎《にしとくじろう》だった。してみるとスーツの十一人は公使の集まりらしい。

テーブルの向かいには、軍服ばかり十一人が横並びに座っている。さっき階段で見かけた連中より派手な色づかいが多く、装飾も過剰ぎみだった。競うようなカラフルさが互いの存在を誇示しあう。特にイギリスは赤の上着に金の刺繡や飾緒を身につけていて、異常なほどの目立ちぐあいだった。みな公使よりは若そうだが、制帽を脱いでいるため、やはり髪の薄さが目につく。こちらも端のひとりは日本人、柴五郎中佐だった。軍服の十一人はみな公使館の駐在武官なのだろう。各国とも、公使と駐在武官が向かい合わせに座っているようだ。

イギリス、フランス、ロシア、ドイツ、アメリカ、イタリア、オーストリア＝ハンガリー、スペイン、ベルギー、オランダ、そして日本。列強十一ヵ国の公使と駐在武官がずらりと顔を揃えている。青い上着のフランス駐在武官が、立って弁舌をふるっていた。

長テーブルから少し離れた壁ぎわに、椅子が何列も並べてある。まるで公聴会のようだった。席は八割がた埋まっていた。公使夫人とおぼしき女性たちのほか、公使館職員らしき人々が、揃って会議の進行を見守っている。ここでも日本人は最後列の端に追いやられていた。大迫がそこへ櫻井を案内した。

書記生の杉山がいた。声をひそめて告げてくる。「櫻井君、よく来てくれた。こちら外交官補の児島《こじま》さん」

隣りに座っていた二十代半ばの男性が、愛想よくうなずいた。「よろしく」

杉山がさらにその隣りを指ししめした。「一等軍医の中川《なかがわ》さんだ」

白髪頭に白髭《しらひげ》の男性が目を細めた。「中川十全《じゅうぜん》です。よろしく」

「それと」杉山がいった。「一等書記官の石井《いしい》さん、中島《なかじま》さん、二等書記官の楢原《ならはら》さん」

三人の書記官らは、いずれも険しい表情でメモをとっていた。三十代半ばと後半、それに五十近くと年齢はそれぞれだが、みな櫻井に視線を向けようともしない。三つの苗字《みょうじ》が誰に当てはまるかも不明だった。あとでたずねればいい、櫻井はそう思った。どうせいまは覚えきれるものではない。

それより気になることがあった。関本一等書記官は同席しないのだろうか。

杉山の紹介はつづいた。「最前列、ご婦人がたの端に日本人の女性がいるだろう。西公使夫人のミネ子さんだよ。ほかには、そうだ。会議テーブルを見てくれ。一等通訳官の鄭永邦《ていえいほう》さん。二等通訳官の徳丸《とくまる》さん」

それぞれの公使の背後に、ひとりかふたりずつ通訳がいる。西公使のもとには、四十代の男性がふたり控えていた。やはりどちらが鄭でどちらが徳丸か、櫻井にはわからなかった。伍長の分際では面識のない人々ばかりだった。日本以外の公使と駐在武官も、ほぼ初めて目にする。名前ももちろん知らない。

「あのう」櫻井は杉山にきいた。「自分はどうすればよろしいでしょうか」

「会議での発言に耳を傾け、疑問を感じたら記憶しておいてもらいたい。柴中佐がそうおっしゃってた」

櫻井は居ずまいを正した。眠気はすでに吹き飛んでいる。ひとことも聞き漏らすまいと聴覚に集中した。

フランス駐在武官が喋りつづけている。「申しあげましたように、義和団の脅威《コムジユヴゼディイラレヴォルトデボクスールド》は増すばかりであります《ウヴィアンプリュムナサント》。よってわがピション公使の提言どおり、天津にいる海軍陸戦隊を北京に招致するのが適切かと存じます」

会議テーブルは静まりかえった。公使たちは黙りこくっている。じれったそうな仕草もうかがえた。

そのうち公使のひとりが、ドイツ訛りのフランス語でいった。「われらが友人ステファン・ピション公使は、どうもかねてからの心配性が直らないようだ」

笑いが沸き起こった。フランス駐在武官の向かいに座るピション公使は、丸眼鏡に髭をたくわえているものの、どこかマルチーズのように頼りない顔をしている。ドイツ公使のひとことで、ピションはしょげてしまったかのように視線を落とした。フランス駐在武官も、困惑ぎみに着席した。

ロシア公使が酒に酔ったような喋り方で絡んだ。「フランスの水兵だけが北京に乗りこんだんじゃ、この都市の均衡が失われる。部隊を呼ぶならすべての国が足並みを揃えるべきだと思うが」

公使たちは一様にうなずいた。ほっそりと痩せた貴族風の四十代後半、イギリス公使が発言した。「反対する国がある以上、フランスにも自制していただかねば」

フランスのピション公使はなにもいわず、ただ恨みがましい目で列席者を見渡すだけだった。

イギリス公使が手もとのティーカップを眺めた。使用人に声をかける。「アールグレイを頼む。みなさん、お茶のほうは？」

公使たちが口々に紅茶の銘柄を告げた。使用人が引き下がると、それぞれに雑談を始めた。

櫻井は辟易した気分になった。ここは貴族たちの贅沢な社交場にほかならない。一日を握り飯二個と昆布、千石豆で過ごす櫻井たちの日常とは、著しく隔たりのある世界だった。

ピション公使が弱々しく声をあげた。「しかしですな」

一同がまた沈黙した。みなピションに視線を向ける。ピションは戸惑いのいろとともに咳《せき》ばらいした。

「そのう」ピションがいいにくそうに発言した。「義和団の活動が、民衆による愛国心の高まりを受けてのことなら、今後も力を増していくと予想されます」

ロシア公使がからかうような口調でいった。「ありえませんよ。お国のバスティーユ監獄襲撃とはちがうんです。どこにルソーやヴォルテールがいるのかね？　義和団には思想なんかない。無学な農民の集まりだし、日照りつづきで作物が育たなかった不満を、われわれ外国人にぶつけているにすぎん」

ドイツ公使は自信に満ちた顔つきの男だった。「同感ですな。これは暴徒化した外国人排斥運動にすぎません。私どもの分析を述べさせていただいてよろしいでしょうか」

「どうぞ」イギリス公使が先をうながした。

「ご存じのとおり、われわれドイツ帝国は清国から膠州湾《こうしゅうわん》を租借しております。あれはもともと、わが国の宣教師ふたりが殺害されたことに端を発し、教会と宣教師の保護を目的とし領有を決めたものです」

ロシア公使がつぶやいた。「侵略の口実はあとでなんとでもでっちあげられる」

ドイツ公使はむっとした。「ロシアこそ清国と密約して旅順と大連の租借を……」

イギリス公使が穏やかに制した。「次は私たちの威海衛《いかいえい》領有についても物言いがつきそうだ。先に申しあげておきますよ。お忙しいみなさんがお集まりになれるのは、公務の時間帯以外に限られる。ようやく調整がつき、こうして早朝から会議を開いているんです。私たちは一致して、北京の平和を脅かす義和団への対策を論じねばなりません」

静寂が戻った。イギリス公使がドイツ公使を目でうながす。

ドイツ公使が告げた。「私が申しあげたかったのは、この異国の地で宣教師を守るべく分析した結果、判明した漢人たちの本質についてです」

「ほう」イギリス公使がきいた。「どんな本質ですか」

「外国人排斥運動の激化は、彼らの気質に関係しています。彼らの言語には気死《チースー》という言葉が頻出します。怒りのあまり気絶もしくは死んでしまうという意味です。そんな表現が存在すること自体、いかに激昂しやすい民族か、おわかりになるでしょう」

スペイン公使が唸った。「怒りっぽいだけなら、ひとつの目的に向けて団結するのは困難なはずです。内部での衝突や分裂も生じます。それが義和団のように巨大なムーブメントに発展しうるでしょうか」

ドイツ駐在武官が応じた。「そこです。ひとりやふたりでは行動をためらうのですが、六人や七人になると強気になります。犯罪者の場合、グループを形成したとたん、窃盗から暴行まで抵抗なく実行します。ひとりで戦おうとする者はいない代わりに、集団にまぎれると慢心し増長するのが漢人です」

ベルギー公使がうなずいた。「たしかに。清国の閣僚たちも堂々と意見を述べたがらない。西太后ですら対外的な発言となると曖昧な表現になりがちだ。大勢に守られてなければ、なにもいえないんだろう」

オーストリア＝ハンガリー公使が妙な顔をした。「清国の支配階級は漢族でなく、満州族でしょう」

ドイツ公使がテーブルの上に両手をひろげた。「そのとおりです。満州族は国をおさめるだけあって、それなりに理性的だと私は見ております。西太后も女傑ではなく、情の細やかな老婦人という素顔があります。公使たるもの、偏見に満ちた新聞記事を鵜呑《うの》みにするのはよくありませんな」

ベルギー公使が渋い顔になりうつむいた。

ドイツ公使は得意げにつづけた。「漢民族はやたら体裁を取り繕いたがります。恥をかかされるのを極端に嫌うのです。しかも、これがなにより重要ですが、彼らは残虐な本性の持ち主です。古代から現在に至るまで、リンチも同然の犯罪がおこなわれています」

するとベルギー公使が顔をあげた。「西太后の刑罰も酷《ひど》いではないですか。機嫌を損ねたというだけの理由で、棒叩き百回は当たり前です。太平天国の首謀者らに対しては、身体の肉を少しずつ切り落とし、長いこと苦痛を与えたうえで死に至らしめたという……」

婦人たちが露骨に嫌悪をしめした。みなハンカチで口もとを押さえている。

代々受け継いでいるとするなら、彼らの残忍性にも納得がいきます」

イギリス公使は咳ばらいをした。「どうか表現にはお気遣いを」

スペイン公使が身を乗りだした。「一理あります。太原で起きた教会襲撃も、その最たるものでしょう。残虐な刑罰による恐怖政治が維持できるのは、それを執行しうる役人たちがいるからです。野蛮な行為にためらいがなく、その感性を疑いもなく代々受け継いでいるとするなら、彼らの残忍性にも納得がいきます」

オランダ公使も同調するようにいった。「そのうえ反骨精神を持たない気質となると、非常に厄介です。恐怖政治に逆らう者も現れようがない。権力者による残酷な行為にも歯止めがかかりません」

スペイン公使はうなずいた。「政府がそうなら国民も影響されて当然です。連中は私たちを罰している気になっている。だから恐ろしい暴力行為にも躊躇しないんです」

オーストリア＝ハンガリー公使が首をひねった。「しかし、彼らは本当に烏合《うごう》の衆かね。愛国心に裏打ちされた革命集団でないと断言できるのか。義和団の団とはグループの意味でしょう？」

ドイツ公使が首を横に振った。「たしかに清国には団練という民兵組織がありましたが、この場合の団はちがいます。同士や仲間以上の意味は持ちません。組織ではないのです」

ロシア公使が鼻を鳴らした。「ひとりやふたりじゃなにもできず、独裁者に従順になるばかりの民族性か。これじゃ漢人たちみずからによる民主化改革は無理ですな」

イギリス公使が控えめに微笑した。「だからこそ、われわれにリーダーシップが託されているのでしょう。彼らに人権というものを理解させるためには、正しい道しるべが必要だ」

「まったくです」ロシア公使が同意した。「清国政府が野放しにした結果、義和団のような勢力が台頭したんですからな」

紅茶が運ばれてきた。分析といいながら特に根拠もしめさず、決めつけに終始している。彼らが漢人とひとくくりにしたがる現地民の一部に、漢民族以外が含まれていることもまるで考慮されていない。だが公使らに異論はあがらなかった。列強による清国支配を正当化し合えたからか、みな一様に満足そうな表情を浮かべている。

櫻井のなかで不満が募りだした。日本の西公使はひとことも発言していない。誰も意見をきこうとしなかった。団という漢字の意味すら問いかけようとしない。西公使も柴中佐も、無言でティーカップを見下ろすばかりだった。

義和団への対策を話し合うための会議、イギリス公使はそういった。ところが陸戦隊を呼ぶべきとする案は却下された。現時点では義和団をどうすべきか、提言すらなされていない。本気で解決するつもりがあるのだろうか。太原では教会が襲撃され、大勢の命が失われたというのに。

イギリス公使がティーカップから顔をあげた。「そうだ。北京の夏は湿気がひどくて、私たちには少々厳しい。ご家族のためにも、今年は早めに避暑地を決めておくべきでしょう」

ドイツ公使がきいた。「どこかよいところがありそうですかな」

「私どもの鉄道技師が北戴河《ほくたいが》の漁村に、美しい浜辺を見つけて、もう十年になりますな。清国から別荘の開発許可も得て、各国とも施設をお持ちと思いますが」

五十代後半とおぼしきアメリカ公使が初めて口をきいた。「北戴河か。ここから百八十マイルもあります。もっと近場で落ち着けるところがあればよいのですが」

話がどんどん脱線する。櫻井は隣りの杉山に目を向けた。杉山も唇を固く結んでいる。日本公使館の職員は一様に不満顔だった。

当然だと櫻井は思った。関本千代の母が殺害された事件を思えば、呑気に茶を飲んでいられる場合ではない。各国とも民間人の被害者がでたはずだ。なのに公使たちはなぜこうも事態を軽視できるのか。

イギリス公使が身を乗りだし、端にいる西公使を眺めた。「日本はどうお考えですか」

西公使が遠慮がちに口をきいた。「私はですね、義和団に対しては……」

なぜか笑いが沸き起こった。イギリス公使が苦笑しながらいった。「いや。義和団ではなくて、いまは避暑地の話ですよ」

「ああ」西公使が視線を落とした。「私どもには、北京の夏はさほど不快でもなく……」

「なるほど」イギリス公使がうなずいた。「極東の気候ゆえ似通ってるわけですな」

イタリアの駐在武官が柴中佐にたずねた。「きみもここの蒸し暑さは平気なのか」

すると柴は微笑し、はあ、と同意をしめした。それきり西も柴も黙りこんだ。他国の公使と駐在武官たちは雑談を再開した。

櫻井のなかに失望がひろがった。なぜひとことも抗議しないのだろう。議題を義和団に戻しましょう、どうしてそういえない。会議テーブルにいる柴はひどく小さく見える。これが本質だったのか。栄禄と渡りあったように見えたのは偶然か。頼りになると信じたいあまり、大物と錯覚してしまったにすぎないのか。

ほかにも衝撃的なことがあった。日本は清との戦争に打ち勝ち、名実ともに列強に加わった、国内ではさかんにそう喧伝《けんでん》されていた。陸軍でもそれを誇りとしてきた。ところがこの会議を見るかぎり、日本はまさしく隅に追いやられている。西欧の公使たちは、日本を列強の一国とみなしていない。彼らの言動や態度から、その事実は疑いようがなかった。

こんな不毛な話し合いのどこを記憶に留めればよいのだろう、櫻井がそう思ったとき、ふいに女性の声が響き渡った。

「おたずねします《エクスキューゼモア》」女性のフランス語は日本語の訛りを帯びていた。「失礼ながら《ジュヴォアクラ》、議論が尽くされていないようにお見受けします《ディスキュシオンネパスフィザント》。義和団にどう対処されるおつもりですか」

室内がざわついた。声が反響し、どこからきこえてきたのかはっきりしない。櫻井は辺りを見まわし、ドアの近くにたたずむふたりに目をとめた。思わず息を呑んだ。関本一等書記官と、長女の章子が立っていた。

日本公使館の職員はみな腰を浮かせていた。櫻井も立ちあがった。

杉山がささやいた。「関本さん。休暇をとったはずなのに」

イギリス公使は、西公使を横目に見ながらきいた。「どなたかな」

西公使がなにもいわないうちに、関本が発言した。「一等書記官の関本です。こちらは娘の植村章子《うえむら》です」

植村。既婚なのだろう。父と娘はともに失礼を顧《かえり》みているようすもない。婦人たちが眉をひそめても素知らぬ顔だった。

いや、平然とした面持ちとはいえなかった。静かなる胸のうちに憤りが垣間見える。

公使たちは迷惑げなまなざしを西ひとりに向けた。

だが西はひるんだようすもなく、立ちあがり声を響かせた。「ご無礼のほどお許しいただきたい。しかし、あらためて私からお尋ねさせていただきます。武力の応援を請わないとのことでしたが、では義和団にはどう立ち向かうのでしょうか」

しばし静寂があった。公使らが顔を見合わせる。イギリス公使が西に告げた。「どうかおかけください」

西が着席した。だが議論は再開しなかった。誰もが無言のまま、じれったそうな顔でうつむいている。

ロシア公使が沈黙を破った。「公使館のなかの意見調整はそれぞれにお願いしたいんだがね。北京へ軍隊を招くことは、進駐とみなされ清国を刺激する恐れがある。よって武力行使は論外だ」

章子が語気を強めた。「武装した義和団が市街地を闊歩しているのにですか」

ドイツの駐在武官が鼻で笑った。「おおげさだ。武装というが、彼らの手にしている青龍偃月刀は実戦向きの武器じゃない。演武や芝居に用いるだけの小道具だよ。実際、あいつらはこけおどしにちょっかいをだすばかりで、われわれにかすり傷ひとつ負わせる勇気もない」

イギリス公使が章子を見つめた。「義和団の鎮圧は清国政府に委ねております。地方では掃討作戦も順調に進行中とか。彼らの内政問題だし、まかせておけばいいでしょう」

章子が怒りのいろを浮かべた。「ならここでの会議は、なんのために開かれたんですか」

するとアメリカ公使が目を見開き、とぼけたような口調で応じた。「各国とも静観の意思をたしかめあえたことに、最大の意義があったと考えるが」

また沈黙が降りてきた。冷やかな視線ばかりが交錯する。章子は茫然と立ち尽くしている。彼女の父親も同様だった。

柴が眉間に皺《しわ》を寄せ立ちあがった。ふたりのもとへ歩いていき、日本語でぼそぼそと話しかけた。「そのう、お気持ちはお察しします。どうかこの場はご辛抱を」

章子は柴を見つめていった。「あなたにも申しあげたいことがあります。いまよろしいですか」

かすかに困惑のいろを浮かべ、柴がうなずいた。会議テーブルの公使たちに敬礼すると、ドアへと歩きだす。三人は無言で退室した。

室内はざわめかなかった。列席者らは互いに肩をすくめあっただけで、特に苦言を呈さない。会議に日本の駐在武官は必要不可欠な存在ではない、さもそういいたげな空気がひろがっている。西公使は黙って視線を落としていた。

じっとしてはいられない。櫻井は立ちあがった。

杉山が呼びとめた。「櫻井君」

もうここに留まる気にはなれなかった。そもそも櫻井を呼んだのは柴中佐だった。会議の空虚さは充分に理解できた。これ以上耳を傾ける必要もない。ドアへと向かうのに支障はなかった。日本の伍長に関心をしめす列席者は皆無のようだった。

廊下にでた。階段には各国の下士や兵が待機している。池澤と吉崎は、ロシア兵たちの近くに陣取っていた。ずっと睨みあっていたようだ。櫻井が近づくと、池澤はたずねる目を向けてきた。

だが池澤に説明している暇はない。玄関ホールを見下ろすと、柴中佐ら三人が立っていた。櫻井は急いで駆け下りた。

関本は怒りをあらわにし、柴に詰め寄って怒鳴った。「私の妻がどんな目に遭ったかご存じでしょう。首も腕も脚も切断されてたんですよ！　千代にはさすがにそんなことはいえない。どうしてわかってくださらない」

柴は両手で制した。「あらためてお悔やみ申しあげます。しかし、どうかご理解ください。各国が意見の一致をみないかぎり、日本だけで動くわけにもいかないのです」

章子が目を潤ませていった。「犠牲者が増えます。義和団による混乱は清国じゅうにひろがってるんです。日本だけでは鎮圧に乗りだせないというなら、各国公使を説得してください。駐在武官は軍事面の助言が仕事でしょう」

柴が穏やかにいった。「私は日本公使館付駐在武官です。西公使に助言はできても、外国に対しては……」

関本が遮った。「そんな弱腰でどうするんですか」

ふいに章子が低い声を響かせた。「柴中佐。ぶしつけで恐縮ですが、会津藩のご出身ですよね？」

静寂が漂った。庭園の虫の音がきこえるほどだった。柴は硬い顔になったものの、ひとことも答えなかった。

章子は柴を睨みつけた。「ご結婚は二度目で、しかも奥様の名を変えさせたとか。どんな事情がおありだったのですか」

柴はかすかに戸惑いのいろをのぞかせた。「どこでそんな話をおききになったんですか」

「齋藤という新聞記者がいってました」

櫻井は三人を見守るしかなかった。口をだせる空気ではない。章子は鬱積した不満からか、柴の人格を攻撃し始めている。

夫が気ままに妻を捨てるかつての風潮が、軽蔑されつつある世のなかだった。あくまで維新に反対した会津藩のように、旧態依然とした村社会の出身者こそ男女同権に理解がない。そんな人物は公使館の要職にふさわしくない。章子はそういいたいのだろうか。

感情にまかせるのみで論理的でない批判だった。だが章子の父親も真剣な目で柴を見つめている。外国に住み、女も男と同様に働き、欧米の文化に接し、カトリックを信仰する。関本家にとって倫理観は人格そのものと考えられるのかもしれない。

章子は早口にまくしたてた。「軍人でいらしても、会津藩のご出身では、明治政府に忠誠を誓いきれないのではないですか。清国は古きにこだわり、近代化に反発してます。会津藩のようだとお感じではないですか。義和団にむしろ同情し、鎮圧をためらっておられるんでしょう」

さすがに聞き捨てならない。櫻井はいった。「そんなことはありえません」

その声は玄関ホールに反響した。章子の目が櫻井に向けられた。関本も見つめてきた。ふたりの顔には反感と猜疑《さいぎ》心しかなかった。

柴が片手をあげ櫻井を制してきた。「いいんだ」

しばらく沈黙があった。章子の燃えるようなまなざしが、また潤みがちになっている。

やがて柴は静かにいった。「否定することはなにもありません」

章子の目に涙が膨れあがった。たちまち表面張力の限界を超え、雫《しずく》になって頰を流れおちた。

関本が唸るようにつぶやいた。「柴中佐。あなたは駐在武官に不適任です」

柴がため息をついた。そうかもしれませんな、小声でそう告げた。

「ただし」柴は関本を見かえした。「いまのところは務めを果たさねばなりません。

会議もつづいてますので、これで」

踵をかえし柴が歩きだした。各国の下士や兵たちが一部始終を見守っていた。日本語は理解できなくても、揉めごととはわかっただろう。無数の射るような視線のなか、柴は黙って階段を登っていった。軍服の背は振り向くことなく二階へと消えた。

章子は泣きながらたたずんでいた。その顔は妹の千代にうりふたつだった。耐えかねたように父親に抱きつく。関本は娘の頭をそっと撫《な》でた。

池澤と吉崎が階段を下りてきた。吉崎が櫻井を見つめた。「なにがあったんだ」

砂を噛《か》むような落莫《らくばく》がひろがっていった。空虚さのなかに悲哀がこみあげてくる。

各国の下士や兵たちの見下ろす目があった。櫻井はうつむいた。面子《メンツ》など気にしてはいない。ただ事実として不甲斐《ふがい》なさしか感じえない。

日本は列強ではなかったのか。こんな体たらくでいいのか。

7

使い走りを命じられては北京を駆けまわる、櫻井はそんな毎日を送った。日本公使館と帝都各地にある問屋との往復。次いで駅までの伝令。いずれも公使館の仕事であり、軍の任務ではなかった。

当初こそ不満を感じていたものの、いまはそうでもなかった。私服姿の職員では、もはや外出は危険だった。義和団が数を増やしている。村田連発銃を携えた軍服に託されるべき、命がけの役割となりつつあった。

どの道に差しかかろうとも、かならず視界には義和団がある。ついに扶清滅洋の三角旗を掲げる紅巾の群れが、そこかしこに姿を見せるようになっていた。落書きが自分たちのしわざだと認めるような行為だが、清の官兵は取り締まりに動くようすもない。

むろん警戒を強めているのは日本軍だけではなかった。どの国の公使館も、外出を要する仕事は下士や兵に委ねているらしい。街角で外国の軍服とすれちがうときには、互いに銃をかまえている。誰もが銃口を絶えず周囲に向け、警戒しながら角から角へと走る。ときおり見かけるイギリス兵の動きが実戦的で参考になった。まだ義和団との交戦はないものの、静止時にはできるだけ物陰に身を潜めるべきと学んだ。

公使たちの会議から一週間以上が経った。五月二十八日の朝、櫻井は鼓楼《ころう》の問屋で砂糖と小麦の支払いを済ませ、東華門大街を東交民巷へ戻ろうとしていた。

ふいに通行人たちが蜘蛛《くも》の子を散らすように、左右の路地へと退去しだした。西欧の婦人が悲鳴をあげている。

砂塵の舞う路上に、紅巾の一団が出現していた。ずんぐりとした岩のような体型の男を先頭に、七人が道幅いっぱいにひろがっている。全員、真っ赤に塗りたくった顔を櫻井に向けていた。

行く手を阻む意思はあきらかだった。刀が五人、槍がふたり。誇示するように武器を振りまわし威嚇してくる。曲芸のような動きは演武そのものだった。

だが刀は偃月刀ではなかった。実戦に用いる雁毛刀《がんもうとう》や柳葉刀《りゅうようとう》を握っている。先端は尖っていて、突き技も有効にちがいなかった。日本刀と異なり刀身が逆方向に反っている。騎馬での突撃時、突きの威力が増す形状だった。清国の騎馬兵からの払い下げだろうか。

櫻井は村田連発銃の槓桿《こうかん》を引き、弾を装塡した。銃の床尾を右肩のくぼみにしっかりあて、右頰を銃床の左斜め上部に密着させる。人差し指は引き金にかけ、残りの指は銃把を握った。敵を狙い澄ました。

紅巾たちの動きが小さくなった。銃撃を警戒している。櫻井はゆっくりと前進しながら、銃身をわずかに振り、七人に道端へ寄るようしめした。距離を置きたい。槍はかなり遠くまで届くはずだ。

七人の義和団は後ずさり、道路の端へ寄った。櫻井は絶えず銃口で敵を威嚇しながら、一歩ずつ道を進んだ。薄氷を踏む思いだった。紅巾らは前のめりの姿勢をとっている。いつ飛びかかってくるかわかったものではない。

ようやく七人とすれちがい、櫻井は銃をかまえたまま後退しだした。遠ざかろうとしたそのとき、路地から新手の紅巾たちが駆けだしてきた。

全身の血流が凍りつく。増援は六人。十三人もの敵に対し、櫻井はひとりだった。

紅巾たちの士気は高まったらしい、ふだん演武で見せる興奮状態をしめし、叫び声を発した。ひとりが刀を×《バツ》印に振りながら駆け寄ってくる。刀が空を切る音が耳に届く、そこまでの距離に迫った。発砲すべきか。だが敵は十三人だった。

そのとき、鋭い金属音が耳に届いた。紅巾が動きをとめ、表情を凍りつかせた。敵の視線が櫻井からわずかに逸れている。櫻井もそちらを一瞥した。わきで吉崎が同じように銃をかまえていた。先頭の紅巾を狙い澄ましている。吉崎は櫻井を見かえすことなく告げてきた。「無事か？」

「ああ」櫻井はほっとしながら、紅巾に下がるよう銃口でしめした。まだ緊張は解けない。脈搏《みゃくはく》が波打つ。吉崎につぶやいた。「こいつら村田銃が八連発と知ってるのか。七人なら危険でも、十三人ならだいじょうぶと思ったらしい」

「二挺あれば十六発、だからまたおとなしくなったのか。お利口さんだな。ただしあいにく、俺は一発しか装塡してない」

「なんで白状するんだよ」

「どうせ日本語はわかりゃしないだろ」

村田連発銃は前床管弾倉だった。銃身と平行に弾が直列状態で収納されている。機関部下から一発ずつ弾込めする。しかし八発を装塡したうえで連発に設定しておくと、バネが馬鹿になりやすいうえ、砂塵が機関部に入ってよく壊れる。まめに手入れをしていれば平気なのだが、ずぼらな性格だと単発設定を選び、一発ずつ手込めする。非番のとき弾を抜くのも楽だった。吉崎が普段からそうしているのを、櫻井も承知していた。

櫻井はため息をついた。「改良された三十年式がほしいよな」

吉崎が後ずさった。「このまま逃げるのがいちばんだ」

「そうだな。これ以上敵が増えるとさすがにまずい」

ふたりでゆっくりと後退し始める。だが紅巾たちも一定の距離を置いて前進してきた。背を丸め蟹股《がにまた》で歩く、猿に似た挙動が不気味だった。

吉崎が真顔でつぶやいた。「櫻井。いまはなんの任務だ？」

「砂糖と小麦の支払い。もう終わって帰るところだよ。吉崎は？」

「左官の発注書を届けに行く。まだこれからだ。そういえば、池澤軍曹がおまえを捜してたぞ。用が済んだら粛《しゅく》親王府へ行けってさ」

「粛親王府？」

「柴中佐殿が呼んでるってよ」

自分でもふたしかな感情が、櫻井のなかにこみあげてきた。柴中佐とは会って話をしたかった。真意を問いただしたい、ずっとそう思っていた。

「でも」櫻井は吉崎にきいた。「粛親王府へ行ってどうするんだよ。入ったことない」

「俺もだ。行けばわかるんじゃないのか」吉崎の歩調が緩んだ。義和団との距離がかなり開いたからだろう、身を翻《ひるがえ》し駆けだした。「走れ」

　櫻井も吉崎に倣って逃走を開始した。背後で義和団が奇声を発している。振りかえると、紅巾の群れが追いかけてくるのが見えた。

　角を折れ路地に入る。辺りにひとけはない。櫻井は走りながらぼやいた。「なんで俺たちが逃げるんだ」

「交戦を避けろと命じられてる。やむをえないだろ」吉崎がいった。「俺は任務を済ませなきゃならん。二手に分かれるなら、連中に見られてないいまのうちだ」

「わかった。無事でな」

「ああ。おまえも」

　それぞれに別の路地に飛びこんだ。櫻井の行く手にまた義和団がいた。今度は三人。ふいに出会ったからか、向こうは刀を構えてはいなかった。櫻井は銃で威嚇しながら足ばやにすれちがい、角を折れた。路上に大瓶《おおがめ》が何個も置かれている。櫻井はその陰に身を潜めた。

　追っ手が来るならやり過ごすつもりだった。だがしばらく待ったものの、駆けてくる足音はきこえない。櫻井は安堵のため息をついた。まだ呼吸が荒い。

　周りに警戒の目を配り立ちあがる。粛親王府は東交民巷のなかにある。櫻井はふたたび路上を駆けだした。

やっとのことで東長安街まで戻ってきた。東交民巷には各国の兵士がうろついているせいか、義和団の姿は見かけない。もっとも、平安もいまのうちかもしれないが。御河をはさんでイギリス公使館の向かいに、広大な敷地を有する粛親王府がある。日本公使館の真北だった。

粛親王は清の皇族で、清朝八大世襲家の筆頭、満州鑲白旗《じょうはく》の名家でもある。しかし粛親王府が東交民巷のなかにあり、日本公使館に近いだけに、粛親王と日本は親密な関係にある。当代すなわち第十代粛親王の善者《ぜんき》は、清国の近代化に前向きな人物だときいている。

川の対岸にあるイギリス公使館とは対照的に、清朝の伝統的建築による豪邸だった。様式は三進四合院、すなわち四方に建物を構え、中庭をもつ四合院が奥に連なっている。豪華な石造りで色彩も豊か、木造建築部分も含め微細な彫刻で装飾されていた。

門の前には清の官兵がいた。櫻井の軍服を一瞥し、すぐにわきにどいた。

中庭に足を踏みいれる。圧倒されるほどの広さがあった。建物の配置は複雑で、北に霊殿、その手前に大きな伽藍《がらん》を有し、中庭の隆起した塚を経て、煉瓦づくりの洋風四阿《ガゼボ》に行き着く。平屋建ての母屋は東側で、大広間を有するときいたことがある。南西の隅には厩《うまや》もあった。南門から馬をだせるようになっている。

驚いたことに、ガゼボに集い中国茶をたしなんでいるのは、欧米の公使と駐在武官たちだった。全員ではない。イギリス、アメリカ、イタリア、スペイン、そして日本。三国干渉とも無縁の、日本と関係が良好もしくは、あまり接点のない国が集まっている。日本を除けば依然、櫻井にとって名の知らない人々ばかりだった。

第十代粛親王の善者も加わっていた。朝帽から流れる孔雀の羽には、双眼の装飾がある。栄禄と同じ大臣クラスの証《あかし》だった。西徳二郎公使が他国の公使らを招き、善者に紹介したのだろう。

意外だったのは、柴中佐が会話のなかに自然に溶けこんでいることだった。善者との橋渡しを担った日本公使が、先日の会議よりは存在感を大きくしているのは当然だ。だが柴も各国の公使や駐在武官と談笑している。ずいぶん打ち解けたものだった。

櫻井が近づくと、柴は気づいたらしく立ちあがった。周りにフランス語でいった。

「みなさん、櫻井伍長を紹介します。《ジユヴプレザントカポラルサクライ》彼も語学に堪能ですので、会話にお困りの場合は遠慮なくお尋ねください」

妙に思いながら柴を見つめる。櫻井は敬礼をし、日本語で柴にきいた。「あのう、ご用は……」

「会話が円滑におこなわれうるよう、手を貸してもらいたいんだよ。見てのとおり通訳を連れてきてない公使も多いし、私たちも一等通訳官の鄭さんしか同行してないのでね」

「通訳ですか？　恐縮ですが、自分には難しいと思います」

すると西公使の近くに控えていた、四十代の日本人男性がフランス語で話しかけてきた。「そうでもないでしょう。このあいだの会議でも熱心にお聞きだったじゃない《メヴゼクテイエアタンテイヴマンアセットレ》ですか《ウニオン》」

櫻井も半ばつられるようにフランス語で応じた。「急な命令を受け、必死だっただ《ジェテデスペレドウスイーヴ》けでして《ルロードル》」

男性が笑った。「勤勉な伍長さんですな。発音は少々癖があるが、聴くのは問題ないようだ。一等通訳官の鄭永邦です。今後ともよろしく」

「はい。こちらこそ」櫻井はあわてて敬礼した。

各国公使と駐在武官らは、さすがに伍長と挨拶を交わそうとはしなかった。櫻井に目を合わせることなく、スペイン公使がいった。「柴中佐も変わっておられる。サムライはもっと気難し屋かと思ってたが、婦人の抗議を許し、今度は若い伍長を通訳に任命ですか」

イギリス公使が微笑した。「うちの家内も感心していました。会議に口をはさんだ女性を叱らないのは紳士だとね」

アメリカの駐在武官もうなずいた。「あのふたりは、太原で亡くなった女性の夫と娘だったとか。取り乱すのも無理ないことです。会議を中座してでもなだめるのは賢明な判断だったでしょう」

柴は黙って視線を落とした。したり顔など浮かべず、無言で聞き流している。その傲《おご》らない態度は日本軍人にふさわしい。だが櫻井は腑に落ちなかった。柴が打ち解けたきっかけは、関本一等書記官と章子の抗議への対応だったらしい。あいかわらず他国の公使や駐在武官は、日本を対等と位置づけず、どこか見下すような態度をしめしてくる。彼らの発言を額面どおり受けとる気にもなれない。公使たちはみな、柴が遺族から非難されたにもかかわらず、会議で義和団弾圧を主張しなかった、その振る舞いをこそ評価しているようだ。会議の空気を読んで自制した、それは立派だといいたげだった。

柴が強硬に意見を主張しなかったこと自体、櫻井には不満だった。それが外国の公使らに取りいるためだったとするなら、余計に受けいれがたい。たしかに柴は、物腰柔らかで嫌味を感じさせない人柄の持ち主だった。誰からも好かれるところがあるだろう。外交官としては適任かもしれない。しかし駐在武官は外交官であると同時に軍人でもある。笑顔ばかりでは国家間の揉めごとは解決できない。

イギリス公使の顔から微笑が消えた。「太原の被害者には、私たちの国民も含まれている。若い女性ふたりだ。犯人を捕らえるのは清国政府の務めだが、国際問題になりうる事件だけに、相応の償いをしていただかねば」

公使たちが善耆を見つめた。善耆はフランス語がわからないらしく、困惑顔で公使らを見かえした。通訳のひとりが支那語で、イギリス公使の発言を善耆に伝える。

善耆は支那語で応じた。「皇太后陛下は深く哀悼の意を表しております。列強各国におかれましては、租借地や公使館などすでに優遇しておりますゆえ、これ以上の利権要求については、なにとぞご配慮を」

通訳が喋りはじめる。半分ほどきいた時点で、公使たちは一様に渋い顔になった。

イタリア公使が眉間に皺を寄せていった。「人殺しを野放しにしておいて、補償もしないというのであれば、どの国も黙っておりますまい」

善耆がぼそりと付け加えた。巧婦難為無米之炊《チアオフウナンウエイウミイズチユイ》。通訳はまだ喋っていたため、善者の発言を聞きのがしたようだった。公使たちが顔を見合わせる。スペイン公使が櫻井に目でたずねてきた。

櫻井はフランス語に翻訳した。「ない袖は振れない、そうおっしゃいました。西欧のことわざでいえば、からっぽの袋はまっすぐには立たない、そういう意味です」

イギリス公使が冷やかな面持ちになった。「からっぽの袋どころか、清国は依然広大な土地を有している。北京郊外の未開発地帯など理想的と思いますが」

公使たちがいっせいに発言しだした。喧騒《けんそう》のなか、櫻井は柴を見つめた。柴も険しい顔で櫻井を見かえした。

太原で各国とも犠牲者をだしておきながら、先日の会議が紛糾しなかった理由はこれか。あの日、唐突に避暑地の検討が始まった事情もようやくわかった。どの国も義和団の蛮行を、さらなる領土要求の好機ととらえている。夏までに新たな土地を獲得するならどこがいいか。避暑地とはそういう意味だった。

善者が反論の声を張りあげた。各国の通訳が喋り、公使や駐在武官も口々に意見を述べる。ひどく騒々しい。黙っているのは西公使、柴中佐、それに櫻井だけだった。

そのとき、あわただしく駆けこんでくる靴音があった。イギリスとイタリアの下士だった。次いで、櫻井がいまのところ唯一名を知る公使、フランスのピションが息を切らしながら現れた。同じくフランスの駐在武官と下士を伴っている。

　公使たちが立ちあがった。イギリス公使がきいた。「ピション公使。どうされたのですか」

　するとイギリスの下士が敬礼し、率先して告げた。「申しあげます。昨日夕方、瑠《る》璃《り》河《が》駅や長辛店《ちょうしんてん》駅、盧溝橋《ろこうきょう》駅が義和団の襲撃に遭い、焼き払われました」

　一同がざわめいた。イギリス駐在武官が声を張りあげた。「なんだと。昨日のことがなぜいまごろ……」

　ピション公使がおろおろとしながらいった。「電線と電信線があちこちで切断され、モールス信号による通信も電話も機能しなかったのです。豊台《ほうだい》駅にも火を放たれ、わがフランスの民間人が重傷を負いました」

　イタリアの下士が公使を見つめた。「われわれも確認しました。被害を免れた民間人が夜通し歩いて、さっき公使館に逃げこんできたんです」

　イギリス公使が茫然とした面持ちでつぶやいた。「瑠璃河、長辛店、盧溝橋、豊台……」

　柴が冷静にいった。「いずれも北京の南です。最も近い豊台はここから南西へ五キロ。義和団は移動しながら次々に襲撃したか、もしくは大規模集団により南部を一斉攻撃したかです」

ピションがハンカチで額の汗を拭きながらいった。「西太后に謁見を願って、直接事態の収拾を求めるべきでは……」

櫻井は黙っていられなかった。「正規軍でなく暴徒の襲撃です、外交で解決できる事態ではありません」

フランス駐在武官が公使らにうなずいた。「私もそう思います。義和団はもはや威嚇でなく、実力行使にでたのです。ただちに援軍を呼ぶべきです」

通訳の声に耳を傾けていた善耆が、血相を変えてまくしたてた。「外国の兵力を北京にいれるわけにはまいりません」

その発言が訳されると、スペインの駐在武官が善耆を睨みつけた。「そうおっしゃっても、清国政府はなにもできず手をこまねいているではないですか」

イギリス公使が真剣な表情で告げた。「早急な対処が必要です。善耆閣下、あらためて清国には義和団鎮圧を強く要請します。と同時に、事態が切迫しているため、われわれも行動を起こす必要があるでしょう」

ピションが汗だくの顔でうったえた。「いまこそ陸戦隊の応援が必要です」

沈黙があった。だが以前の会議における静寂とは趣を異にしている。イギリス公使がうなずいた。「みなさん、恐縮ですがイギリス公使館へお集まりください。ほかの国の公使らも呼びましょう。緊急会議です」

公使と駐在武官が集団で動きだした。櫻井はついていこうとしたが、柴が片手をあげて制した。

柴は櫻井にささやいてきた。「すまない。きょうはもう任務に戻ってくれ」

黙って退ける心境ではなかった。櫻井はいった。「柴中佐殿。おたずねしたいことがあります」

「疑問があるのはわかっている。しかしいまは時間がない。自制してくれないか」柴は神妙に頭をさげてきた。「頼む」

じれったさと当惑が同時にこみあげる。櫻井は柴よりも腰を低くせざるをえなかった。「恐れながら申しあげます。自分なんかに頭をおさげにならないでください。外国の公使らが見てるではないですか」

柴は顔をあげた。切実なまなざしで静かに繰りかえした。頼む。そう告げると柴は背を向け、西公使をうながした。

西と柴は、まだ退出しようとしなかった。善者に歩み寄り、なだめるような口調で説得に入った。義和団に対し、清の正規軍が本腰をいれてくれるよう頼んでいる。柴はまたしても頭をさげた。西も一緒におじぎをしている。

　櫻井は苛立ちを募らせた。西欧列強に尊重されないと知り、日和見《ひよりみ》主義に転じたのだろうか。各国公使の機嫌をうかがい、無難に振る舞っているだけにも見える。なぜ柴は自分の意見を口にしないのか。義和団が牙を剥きだしたというのに。

8

夜になった。暗い宿舎で、櫻井は眠らず壁に背をもたせかけていた。吉崎も同様だった。周りでは雑魚寝の下士や兵たちがいびきをかいている。全員合わせても十人に満たない。さまざまな師団から雑用係の寄せ集め、それがいま北京にいる日本陸軍だった。

外は雨が降っていた。室内にも雨漏りの雫が滴下しているが、みな器用に避けて就寝している。有効な寝場所は埋まり、櫻井も吉崎も身体を伸ばしきれない。櫻井はそれでかまわなかった。とても横になる心境ではない。

雨音か、水たまりを駆けてくる足音か、判然としない雑音に耳を傾ける。音がしだいに大きくなってきた。櫻井が顔をあげたとき、引き戸が開いた。ずぶ濡《ぬ》れの池澤軍曹が駆けこんできた。

池澤は村田銃を壁に立てかけるのも忘れているらしく、携えたまま櫻井のもとでひざまずいた。興奮ぎみにささやいてくる。「日本公使館で杉山さんたちにきいてきた。各国公使の意見がまとまったらしい。援軍を呼ぶことに決定したぞ」

張りつめた空気が緩和するのを感じる。櫻井は天井を仰いだ。吉崎もため息をついた。よかった、吉崎がそうつぶやいた。

櫻井は池澤を見つめた。「でも、清国政府は北京に外国軍が入るのを了承しないのでは……」

池澤が首を横に振った。「そんなものかまうか。だいいち清国の言いぶんに従ったら、俺たちがここにいられるはずもないんだからな。駐兵権があっても、俺たちは正式な衛兵じゃない。ほかの国だってそうだ。すでに衛兵以外を小人数でも呼んでるじゃないか」

いつしか周りが起きだしていた。別の師団の顔見知りがきいてきた。「援軍は天津から来るのか」

「ああ」池澤がうなずいた。「どの国も軍艦を大沽《ターク―》に停泊させてる。イギリスの海兵隊はもう出発準備を整えたらしい。わが砲艦愛宕《あたご》の陸戦隊も同様だろう」

別のひとりが笑顔で叫んだ。「天津の外港からなら、片道百二十キロってとこだ！駅がやられたのも盧溝橋と保定《ほてい》間の路線で、天津からの京津鉄道は関係ない。準備が整えば一日で着く」

起きている連中が歓声をあげた。寝ていた残りの数人を揺り起こしてまで報告している。

櫻井はようやくほっとした気分になった。まとまった部隊が進駐してくる。これで北京の安全が保たれる。

だが池澤が浮かない顔をしている。櫻井はきいた。「どうかしたんですか」

「いや」池澤がつぶやいた。「愛宕の兵員は百四名だ。うち何名が陸戦隊かな」

池澤の危惧が徐々に伝わってきた。櫻井は池澤を見つめた。「足りないとお思いですか」

ああ、と池澤は物憂げにいった。「そりゃ足りないだろうよ」

五月末日、長く降りつづいた雨があがった。

北京の市街地に歓声がこだましている。東華門大街はまるで戦勝パレードのように沸いていた。西欧人らが群れをなして道端に繰りだしている。二階以上の窓からも婦人らが顔をのぞかせた。その熱狂的な歓迎の谷間を、イギリスの真っ赤な軍服の群れが、一糸乱れぬ行進で通り過ぎていく。喝采がひろがった。何日間も準備していたのか、紙吹雪が舞っている。ベルギー公使館の窓からばら撒《ま》かれているらしい。ユニオンジャックがあちこちで振られている。

櫻井は吉崎とともに、東長安街に折れる角にたたずんでいた。軍の行進は群衆のせいでほとんど見えない。しかし到着した兵士たちの誇らしげな心境は、高らかな靴音からもあきらかだった。

吉崎が吐き捨てた。「いい気なもんだ。ほとんど汽車に乗って、馬家堡《まかほ》駅から六キロ足らずを歩いただけなのに、まるで英雄気取りだ」

「この街が英雄扱いしてるんだからしようがない」櫻井は人垣の向こうに目を凝らした。「軍服が替わった。鮮やかな青いろだな」

「もうフランス軍に替わったのか。イギリス、百人いたかな」

いないだろう。池澤が心配したとおりだと櫻井は思った。

清国の官兵たちも沿道に陣取っている。清朝は公式に外国軍の進駐を承認したわけではない。公式声明はだされていなかった。列強各国は強引に乗りこんできたにすぎない。だが今回は治安維持という目的があきらかなせいか、官兵たちも静観をきめこんでいるようだった。

到着した援軍と沸き立つ群衆のせいで、きのうまで路上を闊歩していた義和団も隅に追いやられている。姿自体あまり見かけないが、いま数人の紅巾らが道端に立ち尽くしていた。西欧の民間人らがブーイングを浴びせ、親指を下に向けて振っている。兵士たちが民間人にけしかけられ、行進を離れて義和団を相手に凄《すご》む。紅巾たちはそそくさと路地へ引っこんでいった。また甲高く歓声があがった。

吉崎があきれたように首を横に振った。「西欧はマナーを重視してるとか、よくいったもんだ」

行進してくる軍服のいろがまた替わったようだ。鮮やかな青のフランスは、イギリスよりさらに人数が少なかった。白の軍服はロシア兵。しばらく眺めるうち行進が途絶えた。ロシアはせいぜい五十人前後ではなかったか。つづいてイタリアの制服がのぞいた。こちらはさらに少人数らしい。

耳もとで吉崎がささやいた。「そろそろ……」

「ああ」櫻井はうなずいた。「公使館へ行こう」

ふたりで東長安街を駆けだした。南に向かって折れる。フランスとイタリアの公使館に近い十字路は、きっと大混雑だろう。迂回《うかい》するため、一般家屋の路地へと分け入っていく。

賃貸物件や宿を中心に、西欧人や日本人が窓から顔をのぞかせていた。これまでは空き家がほとんどだったはずだ。みな東交民巷に集まってきている。当面の安全が保たれるからだろう。もっとも、不本意に感じている者もいるかもしれない。公使館に軍隊が来ることで、それ以外の地域の治安が悪くなることも予想される。ゆえにここへ避難せざるをえなかった、そんな事情もありうるだろう。

見かけるのは外国人ばかりではなかった。辮髪とその家族、漢人たちも数を増やしている。ほとんどはキリスト教徒だときいた。義和団による迫害を恐れれば当然の判断だった。東交民巷の人口密度は飽和状態になりつつある。あらゆる国籍が入り乱れ、混乱の様相を呈してきている。

日本公使館前にでた。ここにも大勢の日本人が道端に繰りだし沸いている。手持ちの旭日旗《きょくじつき》がいっせいに振られていた。

陸軍の軍服数人のなかに、池澤が立っている。櫻井は吉崎とともに、そこに合流した。池澤は櫻井を眺め、ため息をつく仕草をした。

水兵が行進してくる。紺セルジのセーラー服に白い制帽、携える村田連発銃は陸軍と同じだった。足取りそのものは勇ましい。しかしその数を知ったとき、櫻井は面食らわざるをえなかった。

三十人足らず。より正確には、上長官と士官を含め全員で二十五人ほどか。これまでを思えば大増員かもしれない。だが北京の広さを知る櫻井には、焼け石に水としか感じられなかった。

西公使と柴中佐が、公使館前で出迎えている。上長官が敬礼するあいだ、援軍は行進をやめ立ちどまった。

准士官らしき軍服の二十代が、いかつい顔をこちらに向けた。驚きのいろを浮かべきいてきた。「陸軍がきてたのか」

吉崎が苦笑ぎみに応じた。「いや。雑用で何人かずつ派遣されただけで」

ふうん。どこか冷やかな目が、櫻井と吉崎をかわるがわる見た。

池澤が話しかけた。「初めまして。陸軍第五師団、軍曹の池澤です」

相手はぶっきらぼうに自己紹介した。「峰岡《みねおか》上等兵曹です」

なんとなく疎外感を感じ、櫻井は後ずさった。吉崎も同じようにした。

「なあ」吉崎が話しかけてきた。「上等兵曹って、兵曹長とちがうのか」

「よくわからないけど、准士官の兵曹長とは別みたいだな」

「まぎらわしい軍服だ。下士だろ」

「でも陸軍の軍曹より上だろうよ。当然、俺たち伍長よりも」

峰岡の射るようなまなざしが、いつしか櫻井たちに向けられていた。池澤も苦い顔で振りかえった。きこえていたらしい。周囲の水兵たちも睨みつけてくる。

櫻井は困惑をおぼえ、吉崎とともに民間の見物人の後ろへと引き下がった。

吉崎がつぶやいた。「忘れてた。おまえも俺も軍隊は苦手だった。単独で使い走りを命じられてた毎日は、案外幸せだったのかもな」

思わずため息が漏れる。同感だと櫻井は思った。水兵たちと目を合わせてみてわかった。平時でなく戦時、命を支えあう集団行動。信頼で結ばれるかどうかは微妙だ。

9

櫻井は池澤を通じ、援軍の規模を知った。イギリス八十二名、フランス七十八名、アメリカ五十四名、ロシア五十一名、イタリア三十一名。そして日本は最少、愛宕の陸戦隊二十五名だった。合計三百二十一名。

もとから北京にいた陸軍下士や兵は、京津鉄道の警備に駆りだされることになった。北京と天津を結ぶ大動脈だけに、被害に遭わないよう防御が必要になったらしい。日本に限らず各国とも派兵するようだ。

例外は櫻井と吉崎、池澤の三人のみ。複数の外国語を喋れると証明した櫻井には、東交民巷に留まるよう命令が下った。例によって相棒とお目付け役も同じ扱いになったらしい。

吉崎がおどけたような顔で告げてきた。「感謝するよ。おまえのおかげで飛ばされずに済んだ」

どな」

　櫻井は応じた。「向こうへ行ってたほうが幸せだったたってことにならなきゃいいけ
　ごく少人数であっても兵力をほかへまわすのはもったいない。櫻井はそう思ったが、やむをえなかった。鉄道の輸送力は維持せねばならない。それに援軍の到着後、北京の治安は回復に向かっていた。義和団の動きは目立たなくなり、市街地は平穏な日常を取り戻しつつあった。

　三日後までにドイツ軍五十一名、オーストリア＝ハンガリー軍三十三名が到着した。これで四百五名になった。オーストリア＝ハンガリーはこれ見よがしに機関砲を運んでいた。さらなる安定が図られる、楽観的な空気がいっそうひろがった。

　その翌日、櫻井はイギリス公使館へ呼びだされた。庭先には、小犬を追いまわす五歳ぐらいの少女の姿があった。ブロンドの髪をなびかせ芝生を駆けめぐる。ずいぶん優雅だ、櫻井はそう感じた。

　ところが二階の会議室に入ると、ふいに重い空気に包まれた。公使と駐在武官が顔を揃えるほか、各国の援軍からも五人ほどずつ出席している。通訳、公使夫人、公使館職員らも加わり、室内は酸素不足を感じるほどのひしめきぐあいだった。

各国の軍人はみな起立して会議テーブルを見守っていた。総勢五十人ぐらいだろうか。櫻井もそのなかの一員だった。

フランスの公使館職員が声を張った。「お集まりいただきありがとうございます。イギリス公使、クロード・マクドナルド卿《きょう》より、状況の説明がございます」

イギリス公使の名を櫻井は初めて知った。マクドナルド卿はためらいがちにゆっくりと立ちあがった。いつものような上流階級を気取るしぐさはない。ただ深刻そうな面持ちだけがあった。

マクドナルドが低い声を響かせた。「援軍の歓迎式典を催したいところでしたが、問題が発生しました。本日、北京と天津を結ぶ京津鉄道が義和団に襲撃されました」

どよめきがひろがった。櫻井も衝撃を禁じえなかった。

フランスの将校からうわずった声があがった。「各国陸軍の兵士らを、鉄道の警備にまわしたのではなかったのですか」

「どういう状況かはわかりません」マクドナルドが唸るようにいった。「しかし現地に向かわせた兵力も、総勢四十名ていどでした。守るべき鉄道沿線はあまりに長距離に及び、そのうえ、生き延びた兵士がいたという報告は入ってきていません」

櫻井は茫然として吉崎を見つめた。吉崎は目を閉じうつむいていた。

悲痛な思いが櫻井の胸のうちにひろがった。宿舎にいた彼らは帰らなかった。打ち解けない性格の櫻井は、ほかの師団からきた連中に対し心を開かずにいた。よって顔見知りではあっても名前すらきいていなかった。それでも悲報をきいたときの辛さは緩和されるものではない、そう実感した。援軍が来ると知ったときの、彼らの嬉しそうな笑顔だけが脳裏に浮かぶ。あの歓声も。

ピション公使がマクドナルド卿にきいた。「具体的な被害は？」

「不明です」マクドナルドがつぶやいた。「義和団が鉄道沿線を制圧した可能性があり、現状の確認も困難なほどです」

「制圧？」ベルギー公使が目を瞠《みは》った。「あの槍や刀を持った連中が、銃を持った四十名の兵士を打倒してなお、沿線に居座れるほどいるというのかね」

フランス駐在武官が咳ばらいをした。「失礼ながら、みなさんは公使館のなかにお籠もりになっておられるので、周辺の状況すらおわかりでないようです。屋上から望遠鏡で眺めるだけでは理解できないでしょう。わが軍の調査によれば、市街地にはすでに一万近くもの紅巾が潜伏しております」

イタリア公使が目を丸くした。「なんだと？　いつの間にそんな事態になったんだ？」

「列強各国の民間人らが東交民巷に退避し、市街地には空き家も増えました。いまやアジトにできる建物があちこちにあり、義和団が北京に続々と流入しているのです」

ロシア公使が歯軋《はぎし》りした。「漢人の市民らが協力してるにちがいない」

マクドナルド卿が深刻な面持ちでいった。「どうかご静粛に。さらなる援軍の要請については、すでに打電しております。わが東インド艦隊も諸外国と調整をはかりながら、より規模の大きな部隊を編制し、北京へ出発する手筈《てはず》です」

アメリカ公使が身を乗りだした。「しかし、線路が破壊されていたとすればどうにもならんだろう。京津鉄道は北京と市外を結ぶ唯一の動脈だぞ」

マクドナルドが応じた。「汽車が走行不能か否か、現状さだかではありません。よって天津から行けるところまで行く覚悟で、義和団を排除しつつ進軍することになるでしょう」

ロシア公使は鼻を鳴らした。「徹底的に破壊されてたらどうする？　百二十キロをてくてく歩くのか。義和団だらけの沿線を」

ドイツ公使が拳をテーブルに打ちつけた。「清国政府はなにしてる。地方で軍による掃討が進んでるんじゃなかったのか」

しばし静寂があった。オランダ公使が弱腰をのぞかせた。「やはり西太后に直接、義和団の制圧を申しいれるべきでは」

マクドナルド卿は視線を落とした。「私どもも西太后への謁見を求めたのですが、却下されました。軍を統括する最高責任者となると皇帝ですが、ご承知のとおり光緒帝は実権を西太后に奪われています。それでも総署の首席大臣である慶親王奕劻《けいしんのうえききょう》は、われわれに友好的な人物であり、善処してくれるのではと思います」

会議テーブルは騒然となり、たちまち室内全体に波及した。マクドナルド卿の言葉は気休めにもならず、かえって不安を煽《あお》ったらしい。公使夫人たちが立ちあがり、泣きながらすがりあっている。職員らも声を張りあげて意見を戦わせていた。

マクドナルドがいった。「ご静粛に。この場で楽観をお願いしようとも、なかなか難しいとは思いますが、どうかお考えください。人間が一日に歩ける距離は、休息も含めて二十マイルていどといいます。約三十キロメートルですな。天津から北京までは七十五マイル。すべて徒歩でも、頑張れば四日で着く計算です」

オーストリア＝ハンガリー公使が顔をしかめた。「ピクニックじゃないんだ。兵士が重装備で、周囲を警戒しながら前進するんだぞ。絶えず交戦もありうる」

室内が静まりかえった。マクドナルドは低い声で告げた。「それでも希望を捨て去るほどではないと申しあげたかったのです。一週間持ちこたえれば、援軍が到着する可能性は充分にあります」

夫人のひとりが会議テーブルへ歩み寄り、スペイン公使の耳もとでささやいた。スペイン公使は硬い顔で夫人を見かえしたが、逆に夫人から目でうながされた。やがてスペイン公使はおずおずと発言した。「いまのうちに撤退する可能性は……」

マクドナルドは首を横に振った。「公使館が空き家になれば、義和団から清国へ献上され、われわれのものではなくなるでしょう。その時点で列強は清国から手を引いたも同然です。少なくとも私は、大英帝国の意向を無視してそのような行為には及べません」

フランスの駐在武官が声を響かせた。「東交民巷の外をぞろぞろと歩いて退避するのは、あまりに危険です。兵士らが警備するにしても、敵がどれだけいるかもわかりません。ご婦人がたや職員諸氏の身の安全は保障しかねます。無事に帝都をでられたとしても、京津鉄道が動いている可能性は低く、ほかに港まで行く手段は皆無です」

ドイツの駐在武官がうなずいた。「一国が撤退したら当然、その軍も東交民巷からいなくなります。防御力が低下したのでは、居残る者たちが不利になるでしょう」

ロシア公使が皮肉な口調でつぶやいた。「援軍が来ていない国の公使夫妻は、われわれを盾にして逃げてもかまわんとお考えのようだ」

スペイン公使夫人は表情を凍りつかせ、会議テーブルを離れていった。スペイン公使は苦い顔で押し黙った。

ざわめきが静まっていった。マクドナルド卿が室内を眺め渡した。「ほかに選択肢はありません。援軍到着まで、この陸の孤島を守りきらねばなりません。万が一にも義和団に攻めこまれてはならない。駐在武官の諸君には、防衛計画の立案をお願いしたい。各国の軍隊はそれに従うように。なにかご質問は？」

沈黙だけが漂った。マクドナルドは小さくうなずき、では、そういった。それが解散の合図だった。列席者らが立ちあがる。端の席にいた西公使と柴中佐は、またしてもひとことも発しなかった。

職員たちは誰もが陰鬱な顔を突き合わせ、ぼそぼそと言葉を交わしている。叫びに似た悲痛な声もきこえる。軍人らは入り乱れ、数人ずつの輪をつくり議論を始めていた。

近くに愛宕の陸戦隊がいた。士官にまじり、峰岡上等兵曹が意見を述べている。「二階の窓に交代制で兵を配置すべきかと思います。残りの者は日本公使館の表通りを固めれば……」

するとと士官のひとりが櫻井に目をとめた。「まて。陸軍の手も借りよう」

峰岡は櫻井らを一瞥したが、すぐに上官に向き直った。「三人ほどが雑役に従事しているだけです。戦力とはちがいます。さっきの話ですが……」

櫻井はむっとして口をはさんだ。「防衛計画の立案は駐在武官がおこなうって話でしょう。勝手に作戦立ててどうするんですか」

しばし峰岡は押し黙ったままたたずんだ。ふたたび櫻井を見つめると、いかつい顔を近づけてきた。「さっさと消えろ。これは俺たちの任務だ」

池澤が割って入り、峰岡に険しい表情を向けた。「すみません。部下の非礼をお許しください。しかしわれわれも陸軍の一員として国家の命を受け、任務に従事しております。さっきのような仰《おつしや》りようは、適切ではないかと」

峰岡は不敵に見かえした。「池澤軍曹。愛宕陸戦隊は公使館を守るために呼ばれた。先にいた陸軍数名では防御しきれないと判断されたからだ。口出しせず、これまでどおり雑役に精をだしていればいい」

櫻井は黙っていられなかった。「着いたばかりで作戦を練られるほど北京に詳しいんですか。公使館の表通りを固めたところで、すぐ裏は詹事府《せんじふ》、その向こうは粛親王府ですよ。粛親王府を義和団に押さえられたら、東交民巷のど真んなかに敵のアジトができる。御河も警戒しないと小舟で乗りつけられる」

峰岡が櫻井を睨みつけてきた。「使い走りが専門なら、街の知識は増えて当然だな。だがそのていどのことは、一日も見てまわれば把握できる。わかったような口をきくな」

櫻井は醒めた気分になった。「お尋ねします」

「なんだ」

「峰岡上等兵曹殿、そうお呼びすればいいんでしょうか？　海軍はたしか、船内の役割で呼ばれるはずですよね。お教え願えませんか」

上官らの口もとがゆがんだ。峰岡の顔面は紅潮しだした。どうやらあまりいいたくない肩書きらしい。

「必要ない」峰岡が櫻井に詰め寄った。「見くびるな。師団に見捨てられたも同然の逸《はぐ》れ伍長が」

そのとき近くの輪にいた士官が振りかえった。まだ若く、櫻井より何歳か年上ていどに思える。だが海軍大尉だった。大きな黒目が峰岡をじっと見つめる。「なにを騒いでる」

峰岡があわてたように直立不動の姿勢をとった。

大尉の黒目が櫻井に向けられた。「愛宕陸戦隊、原《はら》海軍大尉だ」

「陸軍第五師団、櫻井伍長であります」

「櫻井君か。指摘のとおりだ。われわれは各国駐在武官が立案する防衛計画に従って動く。策を論ずるのは時期尚早だ」

峰岡は一瞬だけ不服のいろをのぞかせたが、すぐに頭をさげた。「申しわけありませんでした」

原大尉は池澤と吉崎を見つめ、それからまた櫻井に向き直った。「陸軍で下士なら、教導団の試験に合格しているはずだな。相応に優秀でなければ伍長にも軍曹にもなりえない。断っておくが、海軍でも上等兵曹になるのは容易ではない。互いの努力を認めあい連携すべきだ。それが大日本帝国陸海軍というものだろう」

櫻井は反射的に、はいと声を張った。池澤と吉崎も同様だった。峰岡も例外ではなかった。櫻井は峰岡と顔を見合わせた。峰岡は苦々しげな表情を浮かべていた。

行け、と原大尉がいった。櫻井は敬礼した。陸軍の三人でその場を離れた。池澤は、愛宕の士官たちにあいさつしてくる、そういって立ち去った。櫻井と吉崎はふたりで、出口に向かう列に加わった。

ロシアの白い軍服が揃ってこちらを眺めている。援軍のほかに、いままでも見かけた顔があった。髭面で丸顔の目が冷やかに向けられる。あの因縁の下士だった。

吉崎がつぶやいた。「居残ってたのか。悪運の強い奴《やつ》だ」

「向こうもそう思ってるだろうよ」櫻井はため息をついた。

ふいに異様な声が響いてきた。大勢の合唱のようでもある。低い男の声ばかりだった。室内が静まりかえった。誰もが不安げに辺りを見まわす。婦人らの表情は怯《おび》えきっていた。

独特の節まわしで、同じ言葉が繰りかえされている。フーチンミェヤン、フーチンミェヤン……。

吉崎が唸った。「四面楚歌ってやつか」

櫻井は寒気をおぼえた。扶清滅洋。館内まで声が届くほど、義和団が間近に迫っている。さらなる援軍の到着まで凌《しの》げるだろうか。

10

　三日間、櫻井は南北に走る街路で雑役に徹した。より大勢の外国人とキリスト教徒の漢人が東交民巷に押しかけ、引っ越しの荷下ろしだけでも大騒動だった。櫻井は吉崎とともに、荷車の整理のため駆けまわった。

　砂埃がいっそうひどくなった。馬糞《ばふん》のにおいもきつい。混乱するばかりの街路で、櫻井は吉崎にぼやいた。「四百人以上も援軍が来たのに、こういう仕事は俺たちだけか」

　吉崎は荷車に手で合図しながら応じた。「もうそんなにいないよ。百人ぐらい西什《せいじゆう》庫《こ》聖堂の防御にまわってる。東交民巷にいるのは三百あまりだ」

「なんだって」櫻井は面食らった。

　西什庫聖堂は紫禁城の向こう側、北西にある湖の北海《ほつかい》よりさらに西にある。北京最大の天主堂を持つ教会、キリスト教徒の拠点だった。たしかに西欧人にとっては、義和団の襲撃から守りたい聖地かもしれない。しかしただでさえ人数不足なのに、早くも東交民巷の防御が手薄になるとは。

支那語がきこえてきた。車輪がくぼみに嵌まって動かないんです《チャルンカアジュドンブリヤオ》、そういっている。何度も同じ言葉を繰りかえしていた。

櫻井は振りかえった。荷車が傾き、漢人の夫婦が近くにいる背広の男性にうったえている。男性は二十代後半ぐらいの東洋人で、たしかに頼りにできそうな体格のよさを誇っていた。しかし男性は妙な顔をして夫婦を眺めるばかりだった。

ただちに櫻井は夫婦に声をかけた。「手伝いますよ《ウオライバンニトウイ》」

夫婦が笑顔になった。櫻井は吉崎とともに荷車を押した。だがびくともしない。

すると背広の男性がつぶやいた。ああ、そうか。日本語だった。男性は荷車の後方にまわり力を貸してくれた。三人がかりで荷車はようやく前へ進んだ。

くぼみを脱した荷車が去っていく。夫婦が振りかえってお礼の言葉を発した。

背広の男性が笑顔を向けてきた。「きみ、伍長なのに支那語が達者だな。うらやましい」

口ぶりから察するに、私服姿だが士官にちがいなかった。櫻井はとっさに敬礼した。

男性は手をあげて制してきた。「いいんだ。僕は安藤辰五郎《あんどうたつごろう》。陸軍歩兵大尉だけれども、いまは自費留学中でね」

「申告いたします。陸軍第五師団、櫻井伍長であります」櫻井は言葉を切った。相手が下の名まで明かしたからには、こちらもそうするのが礼儀だろう。「櫻井隆一であります」

吉崎も敬礼した。「同じく吉崎修成であります」

「だから」安藤は苦笑した。「いまは格式ばったあいさつはいらない。それより、どこか宿は空いてないかな。北京に着いて一週間になるけど、これまでの宿は景山近くにある漢人の民家だったんでね。危険だからこの辺りに移れといわれて」

櫻井は応じた。「緊急につき、東交民巷ではどの宿も各国公使館の管理下にあります。大尉殿でしたら士官用の部屋を借りられると思います。公使館のほうで申請を受け付けています」

「そうだったのか、助かった」安藤は立ち去りかけて振りかえった。「漢人の服を着て、漢人の家に住みこんで言葉を学ぶつもりだったのに、こんな状況とはね。そのうち勉強につきあってくれないか」

「はい」櫻井は敬礼した。

安藤が手を振って歩き去っていく。近くで荷崩れが起き、米袋が路上に転がり落ちていた。漢人が助けを求めている。櫻井にはその呼びかけが理解できたが、安藤にはわからなかったらしく、気づかないようすで立ち去っていった。櫻井は仕方なく米袋を拾いだした。

吉崎も作業を手伝いながら愚痴をこぼした。「俺も日本語わからないふりして命令を無視したい」

そこへ池澤軍曹が駆けてきた。「ここは代わる。櫻井、イギリス公使館へ行ってくれ」

またか。息をつく暇すらない。櫻井はきいた。「どういう用件でしょうか」

「行けばわかるそうだ。急げ」

櫻井は額の汗を拭いながらその場を離れた。以前にイギリス公使館へ行ったのは三日前。六月四日だった。きょうは六月七日か。忙しすぎて日付もわからなくなる。

イギリス公使館に着いた。通されたのは、これまで公使らが会議を開いていたのとは別の、もう少し狭い部屋だった。テーブルに大判の地図が広げられている。北京市街図だった。櫻井の目にもかなり杜撰《ずさん》な仕上がりに見えた。急を要する事態だけに、公使館にあった資料をつぎはぎし大きく描き写したのだろう。建物や通りの名がフランス語でのみ表記されている。なんともわかりにくい。

室内に公使たちの姿はなかった。代わりに駐在武官らが顔を揃えている。それ以外にも、いろとりどりの軍服を着た士官たちが入り乱れていた。みな駐在武官より若い。援軍の代表が一名ずつ出頭しているらしい。今回援軍が到着しなかった国は、警備隊の頭を寄こしているようだ。

櫻井がたたずんでいると、近づいてくる人影があった。原海軍大尉だった。櫻井はあわてて敬礼した。

原が敬礼をかえした。「櫻井君。柴中佐からきいてる。きみは英語もフランス語もわかるようだな。通訳官らはみな公使に付きっきりだ。われわれ軍人はこんな国際会議には慣れてない。俺もフランス語はわからん。よろしく頼むよ」

「はい」櫻井は辺りを見まわした。「柴中佐は……」

「まだお越しでないようだ」

室内はすでに賑やかだった。駐在武官らはわりと紳士的な態度をとっているが、士官たちは互いに敵意を剝きだしにしている。ぎこちないながらもフランス語を話せる者たちが、すでに地図を囲み口角泡を飛ばしていた。

ロシアの太りぎみの大尉が、てのひらで地図を叩きながらいった。「なんとでたらめな縮尺だ。どうしてわが国の公使館がドイツと同じ面積になってる。フランスよりあきらかに小さいではないか」

イギリスの大尉は醒めた表情でつぶやいた。「各国の存在感までも考慮したんだろう。フランスらしい芸術表現だな」

ドイツの中尉が鼻を鳴らした。「紫禁城を中心に左右対称のはずが、東部ばかり広くなってる。これは中海と南海か？　水たまりのようだ」

フランスの大尉は憤りをしめした。「重要な拠点は多くを書きこめるよう、広くとってある。わが国の職員が知恵を絞った結果だ」

イタリアの中尉は首を横に振った。「地図を見てもどこだかさっぱりだ。北京を正確にしめしているとは思えませんな」

士官たちが興奮し、しだいに早口の応酬になった。櫻井にはよく聞きとれなくなった。

櫻井は困惑をおぼえながら原にいった。「自分ではすべての会話が理解できるかどうか」

「心配ない。ほかの士官たちも、語学に堪能な部下を連れてきている。下士がほとんどだ。きみも挨拶しておくべきだろう」

原が壁ぎわへと向かいだした。たしかに各国の若い下士らが待機している。原はそのなかのひとりに声をかけた。

櫻井はぎくりとした。太った白い軍服が振りかえった。例の髭面で丸顔のロシア人だった。向こうも表情をこわばらせている。

ロシアの大尉が歩み寄ってきた。フランス語でぶっきらぼうに告げてくる。「日本の軍指揮官か？　私はアガフォノワ大尉。彼は以前から北京にいたラヴロフ一等兵曹。英語が得意でね、同席してもらった」

ラヴロフが睨みつけてくる。櫻井は日本語で原に通訳した。原が敬礼し自己紹介する。櫻井の名と階級も告げられた。

やむをえない。櫻井はすべてをフランス語にして伝えた。自分の名をラヴロフに知らせたくなかった。関わりを持ちたくない。

それでも礼儀は尽くさねばならない。櫻井は姿勢を正し敬礼した。ラヴロフは形ばかりの敬礼をかえしてきた。敵愾心の籠もった目はあいかわらずだった。

ふいにアガフォノワ大尉がテーブルを振りかえった。「なに？　聞き捨てならんひとことだ。誰がリーダーを決定した？」

広い額と鷲鼻《わしばな》が特徴的なオーストリア＝ハンガリーの大尉が、鼻息荒くいった。

「機関砲を有するわが軍こそ主力にふさわしい」

イギリスの大尉が抗議の声をあげた。「機関砲ならわが軍のほか、アメリカとイタリアも一門ずつ持ちこんでいる。兵力では大英帝国が筆頭だ」

また士官の言い争いが始まった。櫻井はうんざりした。柴中佐を欠いたこの場に、立ち会う意味はあるのだろうか。いや中佐がいようとも同じか。なにも発言しないのだから。

アガフォノワ大尉が怒鳴った。「一キロ四方の東交民巷を守るんだぞ！　たかが数十人の兵力の差が序列になるものか」

ところがそのとき、柴のフランス語が厳かに響いた。「より正確には南北八百二十二メートル、東西九百三十六メートルです」

ざわっとした反応がひろがった。柴五郎はいつの間にか姿を現していた。携えているのは、折りたたまれた厚紙だった。テーブルの上でその厚紙を展開する。開かれたとたん一同に驚きの声があがった。櫻井も息を呑んでテーブルを見つめた。

地図は二枚あった。東交民巷の地域図と北京の全体図だった。フランス製のようないびつな線はなく、しっかりと描きこまれている。市街地が区画ごとに詳細に記して

東交民巷（北京在外公館区域）略図

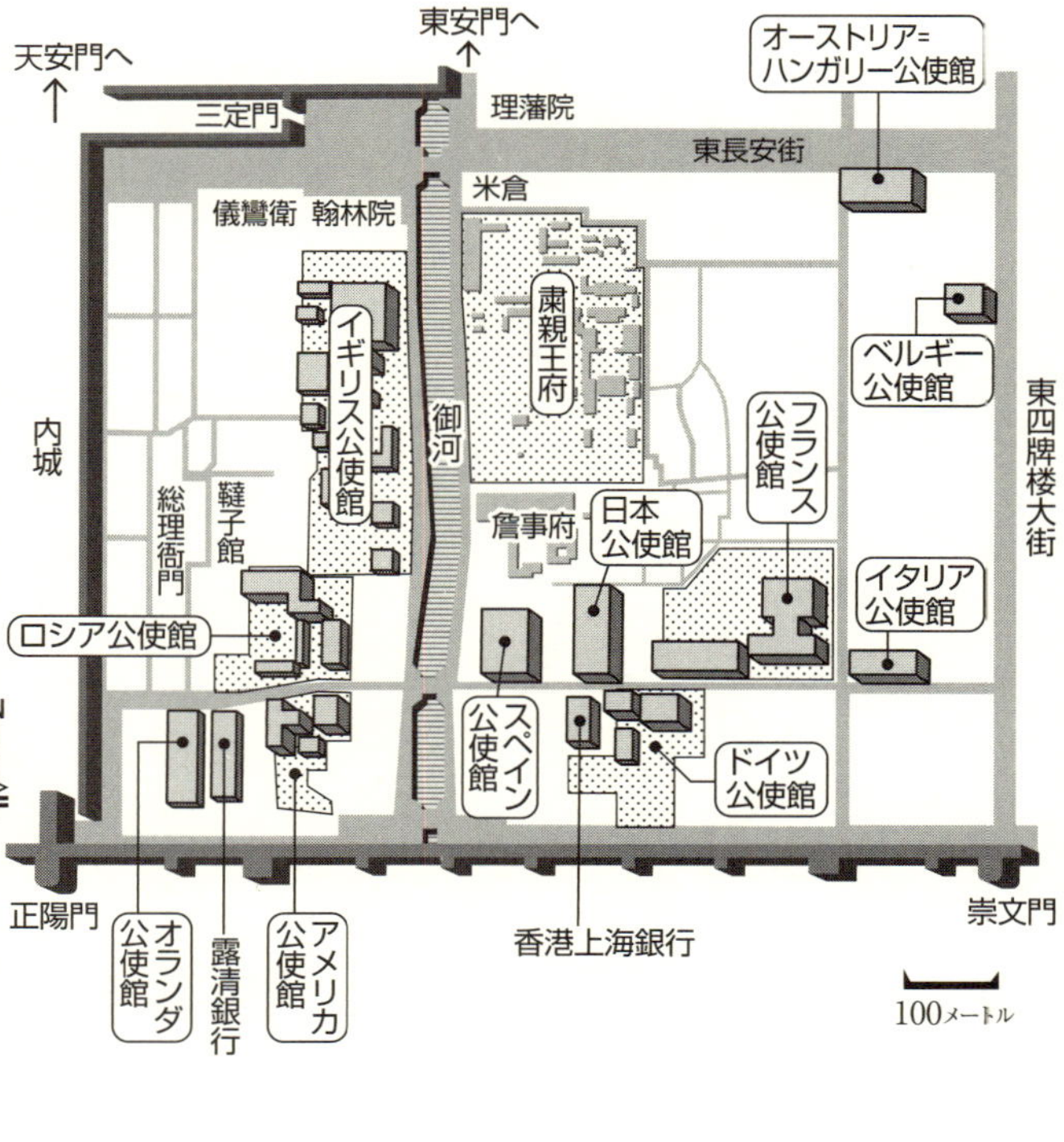

あった。縮尺のゲージが地図を縁どり、街路や川の長さと幅、塀や建物の高さがメートルとヤードの両方で表記してある。どの名称もまず漢字で大書され、その下に六種の言語が添えてあった。簡単な説明も付け加えられている。たとえば胡同《フートン》と記された下には、幅十メートル以下の小道と書かれていた。家屋の構造と強度についても色分けしてある。イギリス公使館には、白熱電球のみに依存せずガスランプ併用のこと、そのように助言が記されていた。商店、清国官兵や行商人の配置、義和団の出没箇所に至るまで、びっしりと解説がなされている。

駐在武官も士官も、みな言葉を失っているようすだった。櫻井は半ば茫然としながら原を眺めた。原も呆気《あっけ》にとられた顔をしている。

ドイツの中尉が、下に敷かれたフランス製の地図をテーブルクロスのように引いて除去し、部屋の隅へ放りだした。フランスの大尉は悲しげな顔になったが、抗議する気はないようだった。

イギリスの駐在武官がきいた。「柴中佐。これは？」

柴は控えめな態度をしめしていた。「以前北京におりましたので、最新の事情を加筆したうえで拡大版を作ってみました。ご活用ください」

それだけいうと柴は後方へと引き下がった。地図作成者として中心に居座る気はないらしい。

西欧列強の士官たちは地図に群がり、食いいるように眺めまわした。

イタリアの中尉が唸った。「見事な地図だ、わかりやすい」

「諸君」イギリス駐在武官が声を張った。「この地図なら綿密な計画が立てられそうだ。状況を整理しておこう。東インド艦隊を筆頭に各国の混合部隊二千三百人が、三日後に北京へ向け出発するとの連絡が入っている。われわれはその到着まで持ちこたえねばならん」

オーストリア゠ハンガリーの大尉が地図を見下ろし、紫禁城の北西にある湖、北海よりもさらに西を指さした。「西什庫聖堂の守備のため、百名ほどの兵力を割いている。東交民巷は、残りの三百名あまりで死守するわけだが」

アガフォノワ大尉が顎を撫でまわした。「いままでどおり、それぞれの国の軍隊が、自国の公使館を防御すべきだな」

「まて」イタリアの中尉が妙な顔をした。「公使館ごとにアルファベットがふってある。どういう意味ですか」

ドイツの駐在武官が柴に目を向けた。「わが国がCとなってるのはなんの略かな？」

一同が柴を見つめた。柴はさらりと答えた。「立地および建物の強度と構造から推し量れる防御力です。Ａが最も強く、Ｂ、Ｃと徐々に弱くなっています」

イギリスの大尉が満足げにうなずいた。「適正な判断だ」

フランス駐在武官が不服そうな顔になった。「われわれはＤ？　冗談だろう」

柴が冷静にいった。「冗談ではありません。敷地は広いのですが、区画の東側で二面を大通りに接しています。ほか二面も一般家屋の密集地帯です」

オーストリア＝ハンガリーの大尉も眉間に皺を寄せていた。「私たちがＥというのは、東交民巷の北東にあって、しかも東長安街という大通りに面しているからか。だが建物は頑強にして、容易に踏みこめない造りになっている」

柴は表情を変えなかった。「貴国の公使館は石造りの組積式構造ですが、衝撃と振動に弱いのです。地震の多いわが国では常識です。爆破には脆弱《ぜいじゃく》性があらわになるでしょう」

「爆破？　やつらは刀と槍しか持たない非文明人だぞ」

「いえ。この国では民衆であっても、火薬に接する機会が多いのです。きわめて大量の火薬を用意できたとすれば、まず東交民巷の外周に仕掛けられる可能性が高いでしょう。敵が切りこむための突破口として、爆破の標的になりえます」

オーストリア＝ハンガリーの大尉は困惑ぎみに唸り、地図に目を落とし黙りこくった。

ベルギーの駐在武官がため息をついた。「いくら東の端にあるとはいえ、私たちが最弱のG評価とは厳しいですな」

ドイツの駐在武官は鼻を鳴らした。「東四牌楼大街に面していて、しかも孤立状態だから仕方ないでしょう。ベルギーは兵力もお持ちでないし、難儀されますな」

イタリアの中尉がつぶやいた。「どうやら西へ行くほど、内城の外壁に近づき袋小路《ふくろこうじ》になるので、守備のためには有利のようだ」

アメリカの大尉は下士の通訳に耳を傾け、大きくうなずき英語でいった。「われわれとロシア、オランダがBというのも納得できる。西部にあるし塀に守られている。特にオランダは小さいものの銀行が盾になる。東部にあるベルギー、オーストリア＝ハンガリー、イタリア、フランスは西へ避難するのが適切でしょう」

その発言がフランス語に訳されると、フランスの大尉がむっとした。「それならイギリス、ロシア、アメリカのいずれかの建物を提供してもらおう。いままでと相応の広さが必要になるのでな」

イギリス駐在武官が眉をひそめフランス語できいた。「どういうことかね。私たちはどうすればいいというのかな」

「B以上は守りの固い建物なのだから、どこか一ヵ所に集まればいい。空いたところにわがフランスが入居する。ベルギーとオーストリア＝ハンガリー、イタリアにも共同でひとつの建物を提供してくれればいい」

アメリカの大尉は通訳をきいたとたん憤りのいろを浮かべた。英語でまくしたてる。「立場をわきまえない発言だ。危なっかしい場所に住んでるから、安全な家を明け渡せとは」

英語を理解できるフランス駐在武官は即座に反論したが、フランスの大尉のほうは通訳をきくまで黙っている。その大尉が怒りをしめすころには、イギリスとアメリカの駐在武官はいいかえしているが、アメリカの大尉が通訳に耳を傾けている。

通訳を介する時間的なずれが、混沌とした状況に拍車をかけていた。原大尉がうながしてきた。「櫻井」

はい。櫻井は戸惑いながらもフランス語と英語の通訳に加わった。ラヴロフも英語をロシア語に訳すのに追われている。誰もが声を張りあげていた。議論は同じことの繰りかえしだが、とにかく発言を伝えなければ会議にならない。

すると柴がテーブルに歩み寄ってきた。フランス語で落ち着いた声を響かせる。

「守備力と兵力に各国ばらつきがあることを、ご理解いただけましたでしょうか。よって各国とも自国の公使館を守るのではなく、東交民巷の各所に兵力を分配するのが望ましいと考えます」

柴はすぐに英語で同じことを繰りかえした。室内は静まりかえった。みな互いに見つめ合い、納得したようにうなずいた。

イギリスの駐在武官がきいた。「どう分配する？」

全員の目が柴に注がれた。櫻井はじわりと驚きを感じた。フランス語と英語の両方に長《た》けた柴が、気づけば会議の主導権を握っている。

柴は地図を指さしフランス語でいった。「オーストリア＝ハンガリー公使館は、北東の果てで不利な場所にあるといいましたが、前哨《ぜんしょう》基地としては有効です。南のドイツ公使館は建物が高く見晴らしもいいはずです。この両者を監視塔がわりにしましょう。最も堅牢《けんろう》なイギリス公使館には、野戦病院を兼ねていただきたく存じます。部隊の編制ですが、言葉を通じ合える者どうしが集まってはどうでしょう」

つづいて柴は英語で繰りかえした。みな顔を見合わせ、うなずいて同意をしめした。

イギリス駐在武官が目を輝かせた。「いい考えです。母国語の兵士と、その言語を理解する外国の兵士で部隊を構成すれば、外国部隊との連携も容易になる」

アメリカの大尉が肩をすくめた。「そうすると日本だけ組む相手がいなくなるのでは？」

「そうだ」イギリス駐在武官は真顔で柴を見つめた。「きみらが英語を学習しているのは知っているが、われわれ西洋人は単語や文法に一定の勘があり、相互理解も困難でない。私も多くの日本人と接してきたが、柴中佐やそこにいる伍長ほどの英語力はみな持っていないようだ。日本の若い兵士たちでは、そのう……」

「ご心配なく」柴はあっさりといった。「日本は兵力も最少なので、むしろ四方の路地に散り、外で最前線の警戒にあたります。支那語がわかる者は少ないのですが、漢字には一定の勘があり、意味を読みとれます。東洋人なので、市民の服に着替え漢人を装い偵察も可能です」

駐在武官や士官らの表情が和んだ。櫻井も昂揚した気分になりつつあった。これなら守りきれるかもしれない。

フランスの大尉が声を弾ませた。「よろしい。士官は全員外へ。東交民巷を細部に至るまで観察しよう。建物から道路までしっかり目に焼きつけるべきだ」

士官らはそれぞれの駐在武官に敬礼し、揃って退室を始めた。通訳の下士も同行する。ラヴロフがあわてたように駆けていく。

原は去りぎわ櫻井にささやいた。「俺はひとりでだいじょうぶだ。ここをよろしく頼む」

残る駐在武官らが地図を眺め雑談を始めた。みな笑顔をのぞかせている。櫻井は舌を巻いた。当初の混沌とした空気とは雲泥の差だ。

柴はほかの駐在武官たちから距離を置き、ひとりたたずんでいる。

櫻井は柴に歩み寄った。「柴中佐殿」

「ああ」柴は微笑した。「櫻井君。きみなら英語かフランス語の部隊に加わっても、充分にやっていけそうだな。あの会話の応酬についていけたのは、たいしたものだよ」

「いえ……。柴中佐殿、以前にも北京におられたとおっしゃいましたが、あの地図は……」

「当時は日本公使館もいまの建物じゃなくてね。東六條胡同《ろくじょうこどう》にあったんだよ。そこで北京の兵要地誌づくりを命じられてね」

櫻井は驚いた。兵要地誌。戦争に備え、現地の情報を網羅した資料集のことだった。地形から建物、住民の暮らし、気象に至るまで詳細に書かれる。

日清戦争以前、陸軍省は敵国の兵要地誌を作成した。むろん現地で調査する者がいたはずだ。櫻井はつぶやいた。「すると民間人とおっしゃったのは……」

「目的が目的だからね。民間人を装って清国へ渡ったんだよ。もともと福州での情報収集を命じられていたんだが、のちに北京へ行けといわれた」

「では地図づくりにしても、堂々とはおこなえなかったわけですか」

「そう。馬に乗って市内をめぐりながら、一定の区域を記憶に留め、物陰に隠れて書き留める。その繰りかえしだった。方位磁石を手にしてたんじゃ疑われる。太陽で方角を確認したよ」

櫻井はテーブル上の地図を眺めた。「するとこれは……」

柴がうなずいた。「当時の調査が基盤になっている。支那語をおぼえたのもそのときだ」

駐在武官らが動きだしていた。イギリス人が振りかえりたずねた。「柴中佐。お茶はどうかね」

軽く頭をさげ、柴は黙って歩きだした。西欧列強の駐在武官らは、柴が合流するまで立ちどまっていた。全員で足並みを揃え歩きだす。まるで以前からそうだったかのように。

櫻井はその背を見送りながら、いまだ衝撃を禁じえなかった。叩きあげの陸軍砲兵中佐にして北京駐在武官。只者《ただもの》であるはずがない、その事実にようやく気づかされた。

11

柴中佐の立案した防衛計画は緻密極まりなかった。路地を利用した兵の配備、状況に応じた機動の変化予測。手近な物による簡易的な築城、四門の機関砲について銃座の配置。射撃区域の分担、兵站《へいたん》における武器弾薬の供給と管理、あらゆる事態が考え抜かれていた。

二日後の六月九日、櫻井は池澤とともに、日本公使館の階段を二階へと登った。バルコニー状の廊下を足ばやに突き進んだ。

池澤が歩を緩めず告げてきた。「間もなく柴中佐の防衛計画が実施になる。ただし人数が足りない。すべての配置につくのが手いっぱいで、交代要員も予備軍も存在しない」

櫻井は必死で歩調を合わせた。「西欧列強が西什庫聖堂に送った百人ほどを、ただちに呼び戻すべきでしょう」

「もう難しくなった。ここ数日で市街地の義和団が急増してる。民間人はもちろんのこと、兵士ですら馬車なしには東交民巷からでられない」

「いよいよ陸の孤島ですね」

「そこでどの国の公使館も、民間から義勇兵を募ることになった。けさの報告によれば、日本を除く西欧列強の義勇兵は、合計で四十四名」

「十ヵ国合計で四十四人ですか？　少ないですね。平均して一国あたり四・四人とは」

「戦闘に参加したがる民間人が、そんなにいるはずもないからな。日本でもすでに三人が志願してくれている」池澤が携えていた帳面を渡してきた。「これが名簿だ」

櫻井はそれを受けとった。書面を一瞥し、肩書きが目に入った。思わず苦笑が漏れる。「植木師、写真師、理髪師。職人勢揃《せいぞろ》いですか」

「ほかにも追加があるかもしれない。この先の部屋に来ているはずだから、名簿に書き足してくれ。俺はイタリア公使館への伝令に走らなきゃならん。まかせたぞ」

そういうと池澤は廊下の角を折れ、さっさと立ち去っていった。

櫻井は戸惑いをおぼえながら、突きあたりのドアの前に立った。平和が破られ仕事がなくなった職人たちと面談か。ため息をついてからノックする。櫻井は声を張った。「櫻井伍長、入ります」

ドアを開け、敬礼して入室した。とたんに櫻井は唖然として立ちすくんだ。

そこは広間だった。またしても公聴会のように、ずらりと椅子が並べてある。ワイシャツ姿の男性らが、老いも若きも含め三十人近く着席していた。民間人らしく体型も痩身から肥満体までまちまちだった。周囲には公使館職員らが立って見守っている。

どういう状況だろうかと櫻井は訝《いぶか》った。三名のための壮行会か。

「えー」櫻井は帳面を眺めた。「植木師、中根師人さん。写真師、山本讃七郎《やまもとさんしちろう》さん。理髪師、若杉弥平太《わかすぎやへいた》さん」

座っている男性のなかで三人の手が挙がる。四十代から五十代の三人が立ちあがった。遠慮がちな仕草がいかにも民間人らしい。

櫻井はあらためて敬礼した。「義勇兵への志願、ありがとうございます」

すると別の男性が手をあげた。三十代前半、眼鏡をかけ口髭をたくわえている。

「服部宇之吉《はっとりうのきち》です」

当惑をおぼえ、櫻井は帳面を眺めた。「あのう。お名前が載っていませんが」

「義勇兵は募集中ときいております」

「あ、はい。失礼しました」櫻井は鉛筆を取りだした。「ええと、服部宇之吉様。ご職業は……」

「東京帝国大学文科助教授です。文部省による留学で八ヵ月前北京入りしました」

鉛筆の先がとまった。櫻井は顔をあげた。「帝大の助教授でいらっしゃるのですか？　あのう、義勇兵というのは戦闘に参加する可能性がありまして」

「むろんです。私は以前、文部省に勤務し、大臣秘書官も参事官も務めた経験があります。国のため尽くしたという意味で、軍人と変わらないと自負しております」

「それはもちろん、大変ご立派だと思います。ただし今回の敵は正規の軍隊ではありません。北京ではまだ目立った被害がありませんが、地方から報告されるかぎり、義和団は暴徒も同然です。なんの節理も道理も通じないだけに……」

すると別の男性が片手をあげた。服部よりも若く、やはり知性に満ちた顔つきをしている。「大阪朝日新聞特派員の村井啓太郎《むらいけいたろう》です」

櫻井は戸惑いを深めた。「記者会見ではないので、質問はご遠慮いただきたいのですが」

「質問？」村井は立ちあがった。「とんでもない。私も志願しているんです」

隣りの男性も挙手した。「時事新報特派員の岡正一《おかしょういち》です。私も志願します」

「でも」櫻井はきいた。「北京へは取材でおいでになったんですよね?」

さらにほかの男性が腰を浮かせた。真顔で声を響かせる。「東京日日新聞、古城貞吉《こじょうていきち》です。たしかにふだんは報道に携わる身ですが、記者である以前に日本人です。この危機に中立など謳《うた》って傍観を気どるなど許されないことです。日本のために戦わせてください」

櫻井のなかで感情の熱が高まりだした。「ひょっとして、お集まりのみなさんは全員……」

椅子に座っていた男性たちは、続々と立ちあがり名乗りをあげた。櫻井は衝撃を受けた。後方の席に公使執事の大迫の姿があった。大迫半熊《はんくま》です、そう声を張っている。さらに驚いたことに、書記官三人のうちふたりが加わっていた。いずれも三十代、几帳面《きちょうめん》に自己紹介した。櫻井はあわてて氏名を綴《つづ》った。石井菊次郎《きくじろう》、楢原陳政《のぶまさ》。一等通訳官の鄭永邦のほか、会議で一緒にいた二等通訳官の徳丸作蔵《さくぞう》、外交官補の児島正一郎《しょういちろう》も志願していた。姓しか知らなかった人々の名があきらかになっていく。到底記憶しきれない。いまは名簿に書きとめるのが精いっぱいだった。

若い学生も参加している。大和久義郎《おおわくよしろう》、留学中に公使館を訪ねていて、この状況に置かれたという。西本願寺の若い僧侶、川上貞信《かわかみさだのぶ》も北京に留学中だった。東六條胡同の旧公使館は、いまでは関係者が滞在できるようになっていて、そこに泊まっていたらしい。服部助教授もそこの客だった。柴中佐もこれまで同居していたという。

ただ驚かざるをえない状況だった。櫻井にとって上流階級に等しい人々ばかりだ。命がけの仕事はすべて軍隊まかせで、気楽な身分だと思ったこともないではない。だがいまそれらの人々が共に戦うと宣言している。

名簿に鉛筆を走らせた。公使館の用達商である東交民巷筑紫辮館から、館主代理の中村秀次郎《なかむらひでじろう》、写真師の平野守信《ひらのもりのぶ》、望月東涯《もちづきとうがい》。写真師山本の助手、渡辺《わたなべ》と松本《まつもと》。このふたりによれば、山本は写真師といっても東安門外霞公府写真館の館主であり、日本では三年前、宮内省の主馬寮から撮影依頼を受けていたほどの人物だった。その翌々月に清国へ渡り、日本での写真集出版を前提に北京を撮影していたという。

一介の職人などではなかった。櫻井は冷や汗がでる思いだった。植木師の中根も、オーストリア＝ハンガリー公使館のお抱えと知らされた。櫻井は恐縮するしかなかった。

名前が紙に書ききれなくなり、櫻井は手帳を破って用紙を追加した。京師大学で研究に勤しんでいた西郡宗三郎《にしごおりむねさぶろう》、彼は日清戦争で下士だったという。ほかに北京独逸電《ドイツでん》燈《とう》会社で技師を務める小川量平《おがわりようへい》、同社電工の木村徳次郎《きむらとくじろう》、小寺梅吉《こでらうめきち》、大西平吉《おおにしへいきち》。宿屋である林良茂《はやしよししげ》旅店の店主および、そこに泊まっていた銀行員の小貫慶治《おぬきけいじ》と、留学生の竹内菊五郎《たけうちきくごろう》も名乗りをあげた。最後にもうひとり川上という学生。

名簿を書ききると、櫻井は半ば茫然として一同を見渡した。

西欧列強十ヵ国の義勇兵の合計は、たった四十四人。ここにはもう三十人近くがいる。職業や年齢から察するに、おそらく妻子ある身が大半を占める。

櫻井はきいた。「みなさん。ほんとにだいじょうぶですか」

どの視線も逸れなかった。すでに迷いは振りきっているようだった。

一等書記官の石井が静かに告げてきた。「櫻井君。きみたちだけに戦わせてはおけない。僕らもこれまで誇りを持って働いてきた。穏やかで、自然を愛《め》で、伝統を重んじ、支えあう。それが日本人だよ」

過去に感じたことのない感情が、櫻井のなかにひろがっていった。これが連帯感というものだろうか。

周囲を囲んでいた公使館職員のなかで、軍医の中川十全がおずおずと手をあげた。「櫻井君、よろしいかな。私は軍に身を置いていても医者だから、兵隊として人を傷つけることはできん。義勇兵とは別に医療班が必要だろう。私が受け持ちたい」

櫻井は笑ってうなずいた。「お願いします、先生」

「それと」中川は辺りを見まわした。「医療班長には頼りになる右腕が必要だ。僧侶も殺生は禁物だろう。西本願寺の川上君、どうかね」

川上貞信が表情を和ませた。「お心遣い感謝申しあげます。お受けします」

ドアが開いた。入ってきたのは書記生の杉山、それに私服姿の安藤陸軍大尉だった。

杉山は微笑した。「どうやら義勇兵の人数では、諸外国に勝ったようですね。愛宕の陸戦隊より多い」

安藤が義勇兵を眺め渡した。「義勇兵の指揮をまかされた安藤陸軍大尉です。みなさんには日本公使館の守備をお願いすることになると思います。全員でこの苦境を乗り越えましょう。私たちにはそれができるはずです」

信念が静かに漲《みなぎ》り満ちる。沈黙のなかに実感だけがある。拍手も万歳三唱も起こらなかった。喧騒は無用だった。言葉すら必要でない。いま心がひとつになった、そう感じる。それ以上なにを望むだろう。

安藤はうなずいていった。「いまは以上です」

しだいにざわめきが戻ってくる。義勇兵らが解散しだした。

櫻井は帳面を安藤に引き渡した。「義勇兵名簿です」

破った手帳のページまでも含めた一覧を、安藤は数えあげた。「二十九人。僕をいれて三十人だな」

するとと杉山がのぞきこんだ。「三十一人ですよ。私の名前も書いてください。この国の発展と近代化のために貢献したい」

杉山が櫻井に笑いかけた。櫻井も笑いかえした。長いこと一緒に瓦版の翻訳に取り組んだ仲だった。作業を通じ、さまざまなことを教えてくれた。公使館での仕事、日々の暮らし、未来への展望。人づきあいの苦手な櫻井にとって、初めて心を開けた人物かもしれなかった。

考えてみれば自分のなかの変化は、杉山と出会ってから起こり始めた。軍人としての任務以外に、必要とされる喜びを知った。

義勇兵が安藤と杉山のもとに集まってきた。今後についてさかんに質問をぶつける。櫻井はその場を離れた。

周囲にたたずむ職員らのなかに、ひとりの女性を見つけた。ビジティングドレスが病院の廊下ですれちがったときを想起させる。関本一等書記官の長女、植村章子だった。

章子は物憂げな表情を浮かべていたが、櫻井が歩み寄ると視線を逸らした。

話しかけられるのを拒んでいるのだろうか。しかし章子は立ち去ろうとはしていなかった。

櫻井は静かにきいた。「千代さんのぐあいはいかがですか」

戸惑いのいろをのぞかせたものの、章子はうつむいたまま応じた。「ええ。悪くありません。部屋は狭いですけど」

「ああ。避難してきた人たちを受けいれるために、職員の宿舎に皺寄《しわよ》せがきているそうですね」

「一家三人でひと部屋です。でもそれも悪くないかも。父は妹につきっきりだし」

「この近くですか」

「そうです。公使館の二軒隣り」

「東側ですよね。西のほうが安全なんですが」

章子が櫻井に目を向けてきた。「病院で夜中に妹の話をきいてくれたでしょう？ありがとう。あれで妹はほっとしたって」

複雑な思いが渦巻く。信仰を否定しているように受けとられなかっただろうか。櫻井はつぶやいた。「ガスランプを交換しに行っただけです」

章子はまた虚空を眺めていた。表情がかすかにこわばった。低い声でささやいてきた。「東交民巷の守備、柴中佐が計画を立案なさったときききましたけど」

「はい。北京にお詳しいので、各国の駐在武官も信頼を寄せています」櫻井はいった。「そのう、柴中佐ですが、お考えのようなかたではないと思います」

章子の目が櫻井に向けられた。「どういう意味ですか」

思わず言葉に詰まる。自分はなにを主張したかったのだろう。疑問の答えはすでにでていた。立案された防衛計画は信頼に足るものだ、櫻井は章子にそう伝えたかった。

だが櫻井の胸にひっかかるものがあった。章子がききたがっているのは、本当にそんなことだろうか。

しばらく黙っていたせいか、章子の表情が険しくなった。「率直におたずねしていいですか」

「もちろんです」

章子が乾いた口調で告げてきた。「戊辰戦争で会津藩が若松城に籠城したのは、あきらかに無駄なあがきでした。そのせいで多くの命が犠牲になった。今度はそうならない保証はありますか?」

「柴中佐は当時十歳でした。籠城の計画を立案したわけでも、指揮したわけでもありません。それとも柴中佐が、会津のしきたりを受け継いでいるのではと、そこを心配なさってるんですか」

沈黙があった。章子の目はふたたび櫻井から逸れていた。「神様がいるなんて信じられない」

「なんですって？」

「千代がそういってるんです」章子の憂愁に満ちたまなざしが、じっと見つめてきた。「あなたにそう伝えてほしいって」

章子は背を向け歩き去った。義勇兵や公使館職員らが立ち話するなか、章子の後ろ姿が紛れていき、やがて見えなくなった。

虚《うつ》ろな気分が長く尾をひいた。櫻井はその場にたたずんだ。章子はごく一般的な日本女性とはちがう。明確に感情を表し、内なる思いを伝えたがる。西欧人のようだ。発言にどう応じるべきか、勝手がよくわからない。

ふと背後に人の気配を感じた。振りかえると、間近でひとりの男が手帳に鉛筆を走らせていた。

見覚えのある顔だった。東京朝日新聞の齋藤。櫻井はきいた。「なにしてるんですか」

齋藤が視線をあげた。ばつの悪そうな顔は一瞬に過ぎず、愛想笑いがとって代わった。「どうも。愛宕の水兵さんたちの調子どうなのかな。なにか情報入ってます？」

　心が凍りつくとはまさにこのことだ、櫻井はそう思った。「義勇兵に名乗りをあげませんでしたね」

「徴兵制じゃないんだろう？　参加は自由のはずですが」

「さっきの話きいてなかったんですか」

「いや、しっかり耳を傾けてたよ。仕事だからね。特派員にもいろんな考えがあっていいと思う。僕としては客観的立場で報道に従事するのが記者の本分じゃないかと」

「嗅ぎまわるなら許可を得たらどうですか」

「みんな東交民巷に逃げこんで、僕も行き場を失ってるだけだよ。この部屋には、義勇兵を志望するかどうか迷ってる人や、見守るだけの人も入っていいときいたし」

「もうその時間は終わりました」

「わかってますよ。引き際は心得てます。きょうのところはこれで」齋藤は微笑とともに手帳を懐にしまうと、ドアのほうへ逃げるように立ち去った。

　櫻井はため息をついた。警備は強化すべきだ。無関係な記者が野放しでいられるほど出入り自由では困る。義和団が喉元まで迫ってきているというのに。

12

翌六月十日、東インド艦隊のエドワード・H・シーモア海軍中将から打電があった。朝六時に大沽から各国の連合軍千五百名が上陸完了。武器弾薬と三日分の食糧も陸揚げされた。全軍二千三百人のうち、第一陣の約八百人が、午前九時に汽車で天津駅を出発した。途中、義和団による線路の破壊があった場合は、修理しながら前進するという。

報《しら》せはたちまち東交民巷の隅々まで伝わった。一日じゅうあちこちで歓声があがるのをきいた。櫻井も安堵のため息を漏らした。夜になり、宿舎で吉崎や池澤と雑魚寝するときにも、ひさしぶりに穏やかな空気を感じていた。もう少しの辛抱だ、そう思った。

その翌日、十一日の昼下がり、櫻井は池澤からイギリス公使館へ向かうよう指示された。義勇兵が訓練を開始するため、吉崎とともに立ち会えという。

櫻井には午前中、水はけの悪い路地の側溝の掃除という仕事があった。漢人の単純労働者、苦力《クーリー》との共同作業だったが、遅々として進まない。吉崎は先に行くといって立ち去った。

三十分ほど遅れ、櫻井はようやく労働から解放された。イギリス公使館へ向かって駆けていくと、日本公使館近くの路上で、陸軍歩兵大尉の軍服とすれちがいそうになった。あわてて立ちどまり敬礼する。安藤ではなく、以前から公使館にいた守田《もりた》利遠《としとお》大尉だった。歳は三十代後半、厳格な職業軍人という風体《ふうてい》をしている。

会うのはひさしぶりだったが、あまり言葉を交わしたことはない。かつて池澤軍曹から命令を受けとってばかりだった日々には、将校と直接話す機会などほとんどなかった。

守田が敬礼をかえした。「伍長。ええと、名前は……」

やはり向こうも記憶していないらしい。ただちに声を張る。「櫻井であります」

「ああ。きみが櫻井伍長か。しばらく会わないうちに男らしい顔つきになったな。柴中佐から語学の才能を買われたとか」

「人手が不足しておりますので、できることはなんでもやらせていただいております」

守田はうなずいた。「たしかに人手は足りていないな。ここ数日、私も市街地をめぐって日本人に東交民巷への避難を呼びかけてきた。戻ってきたら今度は、柴中佐から防衛計画における日本軍の副官に任ぜられた」

どう応じるべきだろう。櫻井は困惑ぎみにいった。「おめでとうございます」

すると守田は苦笑した。「祝福されることかどうかは、よくわからんよ。指揮下には原大尉の愛宕陸戦隊二十余名、安藤大尉の義勇兵三十一名。それに池澤軍曹ときみ、もうひとりの、あの大柄の伍長」

「吉崎であります」

「そう吉崎。わが軍はいまのところそれだけだ。援軍が来るまでは」

「きのう第一陣が天津を出発したとのことですが」

「鉄道が無事ならけさ到着だった。線路の被害が最小限の可能性もあったからな。じつは早朝から陸戦隊の護衛つきで、馬車で馬家堡駅へ行ってきた。公使館職員らも一緒だった。さっき引き揚げてきたところだ」

結果はきくまでもなかった。櫻井はため息をついた。「汽車は来なかったんですね」

「きょうのうちは望み薄だろう。三日ぐらいは覚悟しておくべきだな」

ふと日本公使館の玄関先が気になった。杉山が立っていた。妙に小柄で痩せた、白い軍服のロシア兵と向きあっている。ロシア兵は杉山に二つ折りの紙を渡した。なにやら言葉を交わしている。

櫻井の視線が気になったのか、守田が公使館を振りかえった。「どうかしたのか」

「いえ」櫻井はいった。「日本公使館にロシア兵とはめずらしいと思いまして」

「柴中佐の防衛計画で、それぞれの国は協力しあうときまった。イギリス公使館の屋上にも、御河の南北を見張る監視所が設けられたが、英米の兵が交替で受け持つ」

たしかに各国は協調関係にある。しかし日本公使館の警備にロシア兵の配属はないはずだった。杉山はロシア語がわかるのだろうか。あるいはロシア兵のほうが、杉山の理解できる言語で喋っているのか。ふたりはどういう関係だろう。

杉山は笑顔になり、ロシア兵に片手をあげ挨拶した。館内へと消えていく。

ロシア兵は栗《くり》いろの髪だったが、こちらを向かず顔がよくわからない。後ろ姿のままロシア公使館方面へと立ち去っていった。

そのとき吉崎の声が近くでつぶやいた。「なんだあのロシア兵。いま杉山さんと話してなかったか」

櫻井は振りかえった。吉崎が眉をひそめて立っていた。

直後、吉崎は守田大尉の存在に気づいたらしい。あわてたようすで敬礼した。

守田が吉崎を見つめた。「いま櫻井伍長にも話したが、東交民巷の防衛は各国の協力関係が要《かなめ》になる。ロシアとのいざこざはいったん忘れろ」

はい。櫻井は吉崎と同時に声を張った。だが内心難しい話だと思った。すでにラヴロフという苦手な下士がいる。

守田が立ち去っていく。その背を見送ってから、櫻井は吉崎にきいた。「なにしてるんだよ。イギリス公使館は？」

「おまえを呼びにきたんだよ。もう義勇兵の訓練が始まるんだぞ」

櫻井は小走りに駆けだした。「杉山さんは初日から欠席か」

吉崎が並走しながらいった。「さっき仕事が入ったって言伝《ことづて》があった。ほかにもふたりほど欠員がでてる。ひとりは奥さんに反対され説得中。もうひとりは体調不良」

「先が思いやられるな」

「柴中佐のほうはどうなんだ。あいかわらず西欧人にペコペコしてるのか」

「いや」櫻井は首を横に振ってみせた。「西欧人のほうがペコペコしてる」

「信じられん。そういえば池澤軍曹も、柴中佐を見直したとかいってたな。そんなことありうるのか」

「指揮官だぞ。俺たちは絶対服従だ。信頼を持たなきゃな」

「おい。ずいぶん優等生になったな。どういう風の吹きまわしだ」

「俺はおまえを信頼してるよ」

吉崎が妙な顔をして口ごもった。「そりゃ俺だっておまえを……。でなきゃやっていけないいだろ、こんな状況」

櫻井は笑ってみせた。「それでいいんじゃないか？　世界の縮図みたいなこの街で、とりあえず日本人どうしが団結できてりゃ」

南御河橋を渡り、向こう岸沿いの道を北へ走る。イギリス公使館の屋上に、英米の兵士が並んで銃をかまえている。南側の監視所だった。南北の橋と川の見張りは怠りない。

イギリス公使館の門を入る。英国風庭園に隣接した芝生の広場で、義勇兵らが柔軟体操をしていた。みなワイシャツにズボン姿だった。ほかに着るものがないのだから仕方がない。

うちふたりが櫻井と吉崎を出迎えた。銀行員の小貫は予備少尉だという。それに西郡、彼は下士だった経験がある。義勇兵は二隊に分かれ、ふたりが隊長を務めるらしい。

芝生の上に布が敷かれ、雑多な物が横たわっていた。東交民巷で掻《か》き集《あつ》められた義勇兵の武器だという。先込め式猟銃が三挺。二十六年式拳銃六挺。日本刀が十一本、出刃包丁三本、節竹の杖《つえ》を模した仕込み刀が六本。竹刀五本。

吉崎が制帽をずらし、苦い顔でつぶやいた。「こりゃ義和団といい具合に争うな」

小貫は真顔でいった。「槍は随時、木を削って手作りする予定です」

少し離れた場所に安藤大尉がいた。難しい顔をしながら、手にした本を読みこんでいる。

櫻井は安藤に歩み寄り敬礼した。「櫻井伍長、出頭しました」

安藤が顔をあげた。ため息とともに、本の表紙をしめした。「これがなにかわかるか」

「歩兵操典であります」櫻井は応じた。ドイツ陸軍の歩兵戦術を参考にした教本。日本陸軍における指導の手引書でもあった。

「この通りに教えようとすると、まずは不動の姿勢を叩きこんで、それから担銃に立銃、行進だが」

吉崎があきれたようにいった。「猟銃でですか？」

安藤は渋い顔になった。「滑稽だな。他国にくらべ圧倒的多数の義勇兵が志願したというのに、笑いものになるわけにいかない」

西郡が安藤を見つめた。「まずは体力づくりでしょう。へばったのでは戦闘どころではありません」

「そうだな」安藤が本を閉じた。「西郡隊長、小貫隊長。義勇兵を整列させろ」

ふたりが義勇兵に向かって声を張りあげた。「整列！」

櫻井は吉崎と並んで直立不動の姿勢をとった。義勇兵と向きあう。だが……。遅い。列がなかなか揃わない。一ヵ所が詰まりすぎ、別のところが開きすぎて、いっこうに調整がつかなかった。

西郡が怒鳴った。「しっかりしろ！　全体、右向け右」

何人かが左を向き、隣りと顔を見合わせてしまった。あわてたように踵《きびす》をかえす。命令がなおもつづく。まわれ右、右向け右。そうこうしているうちに、集団の動作についていては揃いだした。

安藤がうなずいた。「この狭い空間でできることは限られてる。俺の部隊が昔やってた方法をとろう。芝生を西いっぱいまで全力で走って柔道の受け身。すぐ立ちあがり、そこからまた東へ走って受け身をとる。まずは往復五十回」

西郡と小貫が号令をかける。全体、左向け左。駆け足。

義勇兵がいっせいに走りだす。櫻井も吉崎とともに駆けだした。初心者向けの緩い訓練だと櫻井は思った。十往復は楽勝だろう。集団が西へ向け全力疾走する。ところが勢いがあったのは最初の数秒でしかなかった。すでに義勇兵はばらつきだしている。無理もない、運動にまったく不向きな体型や、走るすべを知らない高齢者も目立つ。みな同時に受け身というわけにもいかず、ごろごろと石のように転がるのみ。なかには前転すら容易でないらしく、横倒しになる姿もあった。

櫻井は難なくこなしながらも、あまりの惨状に言葉を失った。思わず吉崎と顔を見合わせる。

西郡が発破をかけた。「もっと機敏に。迅速に！　一等書記官殿も、ここじゃ肩書きは関係ないですぞ。死ぬ気で走れ」

ぜいぜいと呼吸が響き渡る。一往復もすると、もう部隊は芝生じゅうに散開した状態で、よろめきながら移動するのみだった。

公使執事の大迫がふらついていた。櫻井は肩を貸し、大迫の身体を支えながら走った。

大迫がぼやいた。「無理だ、こんなの。陸軍のしごきを再現されたんじゃかなわん」

「いえ」櫻井は半ばあきれながらいった。「陸軍の基準でいえば、準備体操の準備体操です」

帝大助教授の服部が、ほとんど徒歩も同然の足取りになっていた。西郡が駆け寄った。「走ってください。義和団に皮を剝かれますよ」

「なんとでもすればいい」服部は息を切らしながらいった。「きみは京師大学だろう。下士の経験があっても、帝大助教授の私には相応の敬意を払ってもらいたい」

すると西郡が目を光らせ、日本刀を拾いあげた。鞘《さや》から抜くと、西郡は奇声を発しながら刀を振りかざし、服部に襲いかかった。服部は目を瞠り、狼狽《ろうばい》しながら走りだした。その速度はまさしく全力疾走に等しかった。

義勇兵たちは足をとめ笑い転げた。櫻井も苦笑せざるをえなかった。吉崎は皮肉っぽく口もとを歪めた。安藤は片手で目もとを覆っていた。

13

訓練は三時に終わった。櫻井には次の仕事が待っていた。各国の兵士らと共同で、東交民巷の入り口に防壁を築く。いよいよ一帯を物理的に封鎖することになった。

東交民巷の西は内城の壁で行き止まりのため、警戒が必要なのはおもに北と東だった。東長安街や東四牌楼大街から、東交民巷へ折れる道の入り口すべてに防壁が必要になる。

とはいえまともな壁を築く手段も材料もない。日本人の知らない鉄条網なるものを、イギリス人らは敷設したがったが、針金が不足していて無理らしい。よって家具やソファを堆《うずたか》く積みあげるしかなかった。オーストリア＝ハンガリーやイタリアなど、東交民巷でも東部に位置する公使館の備品が大半を占める。柴中佐の作成した地図で防御力がC以下、すなわち職員の退避が推奨される公使館ばかりだった。櫻井も吉崎とともに、イタリア公使館から柱時計を運びだし、防壁の一部に追加した。

積み方には指示があった。道を完全にふさいでしまったのでは、いざというとき脱出もできない。ところどころにトランクや木箱を突っこんでおき、防壁に開口部がほしくなった場合、一個だけ抜いても上が崩れないようにしておく。

これまでは日本軍の兵士が路上を固め、義和団の侵入を防いでいた。急に防壁を築く決定が下ったのは、午後に入り東四牌楼大街に義和団が集結し始めたからだった。通り沿いのベルギー公使館はすでに職員の退避を完了している。みな西にある他国の公使館へ移動済みだった。

家具類を堆積させた防壁の隙間から、大通りにひしめく紅巾の群れが見えていた。各国の兵士らが建物の屋上から義和団に銃口を向けている。暴動が起きたらいつでも発砲に至るだろう。紅巾らはいまのところ防壁に近づかず一定の距離を置いている。だが均衡はいつ破られるかわからない。

東長安街に交わる街路の入り口で、櫻井は防壁づくりに追われていた。

フランスの軍曹が憔悴しきった顔で近づいてきた。「まいった。家具どころか、職員と家族を移動させるだけでも手いっぱいだ。みんなイギリス公使館には入りたくないといってる」

櫻井は軍曹を見つめた。「設備が最も充実してるイギリス公使館にですか」

「きみら日本人はまったく不平をいわないな。部屋をきれいに使うし、夜も騒がしくない」

「ふつうだと思いますが」

「とんでもない。きみらのボランティア精神にも感服する。十年前、オスマン帝国の使節団が遭難したのを、日本の海辺に住む村人たちが救護したって話は眉唾だと思ってた。」

「ああ。だが信じられる気がしてきた」

「ああ。紀伊《きい》半島の。事実ですよ」

「貧しい村人たちが衣類から薩摩芋、非常用の鶏まで差しだしたってな。どんな裏があるのかと思った」

櫻井は苦笑せざるをえなかった。「裏なんかないです。あのときは全国から義捐金も集まりましたし」

「見上げた国民意識だ。ここでも俺たちは助け合えるかな」

「助け合わなきゃどうにもならないでしょう。十一ヵ国、九百二十五人の民間人を、三百名ていどの軍人で守る算段ですから」

そのとき東交民巷内部から、四人乗りの馬車が駆けてきた。荷物を山ほど積んでいる。防壁の手前で停《と》まり、御者が怒鳴った。通してくれ。

櫻井は馬車に歩み寄った。窓をのぞきこむと粛親王善耆が見かえした。夫人らしき女性や子供たちもいる。櫻井は支那語できいた。「どちらへ行かれるんですか」

「紫禁城だ」善耆は早口にまくしたててきた。「こんな状況では暮らしていけない。私たちは避難する。使用人たちもすでに逃がした」

日本に友好的な善耆であっても、籠城にまではつきあえない、そういう心境らしかった。櫻井はたずねた。「でも王府のほうはどうしますか。留守にして庭園をほったらかしたんじゃ、草も伸びて荒れ放題になるでしょう」

善耆は汗だくの顔を扇子で煽ぎながら告げてきた。「王府は日本の好きにすればいい。西公使にそう伝えてくれ」

「好きにすればというと……」

「自由に使ってくれていい、そういう意味だ。早く道を開けてくれ」

愛宕陸戦隊の兵士らが家具類を移動させ、馬車一台が通れる幅を確保した。馬車が走りだす。東長安街にでるとたちまち義和団が群がったものの、善耆と知ったからか静観に転じた。清の官兵らも馬車の進路を開けるのに積極的だった。

櫻井はうんざりしながら防壁に歩み寄った。どかした家具類をまた積み直さねばならない。

やがて陽が傾いてきた。櫻井は吉崎と日本公使館のほうへ引きかえした。日没前にはいつもそうしている。明日の予定をきいておく必要があるからだった。

公使館に入ろうとしたとき、池澤軍曹が玄関から駆けだしてきた。「おまえたち、杉山さんを知らないか」

櫻井は応じた。「昼過ぎにこちらで見かけました。仕事があったらしく、義勇兵の訓練には不参加でした」

池澤の表情が曇った。「館内にいない。連絡もつかないんだ」

吉崎がきいた。「どういうことですか」

「わからん」池澤がため息をついた。「いま職員が総出で捜しまわってる。なにもいわず外出する人じゃないからな」

ヒールの音が響いた。植村章子が駆けだしてきて、険しい表情で池澤に話しかけた。「辻《つじ》馬車ででかけられたようです」

池澤が章子を振りかえった。「馬車？　どこへ向かわれたのですか」

「わかりません。でも御者を手配した形跡が、杉山さんの机の上に」

にわかに緊張の空気が漂いだした。行こう、池澤がそういった。四人で玄関を入った。

館内は異常な混乱状態にあった。大本営発表直後の陸軍省の様相を呈している。職員らが廊下を駆けまわっていた。書記生と連絡がつかないだけの状況とは、到底思えなかった。

知っている顔とすれちがった。公使執事の大迫に、櫻井は声をかけた。「すみません。なにかあったんですか」

大迫が緊張のいろとともに見かえした。「欧州各国との連絡がいっさいとれなくなったんです。モンゴル経由の電信線で結ばれていたんですが」

「電信線……。どこかで断たれたんでしょうか」

「それだけではありません。天津を出発した援軍の第一陣とも連絡がつかないのです。現在どこにいるか、途中駅からでも随時連絡が届くはずが、まったく音信不通です。どこの公使館も大慌てで」

櫻井は驚いた。「きのう天津を出発した八百人ですか?」

「道中ひとことも伝えず北京に迫ってるなんて、とても考えられません。可能性としては、沿線すべての電線と電信線を断たれたか、あるいは……」

「なんですか」

「義和団と交戦中かです」

寒気が襲った。櫻井は立ちすくんだ。章子や池澤も凍りついている。大迫は対応に追われているらしく、落ち着かないようすで足ばやに歩き去った。

吉崎が櫻井を見つめてきた。「どうなってるんだ。まずいじゃないか」

じっとしてはいられない。櫻井は章子を目でうながした。ふたたび四人で歩きだす。ドアのひとつを入った。室内には事務机が連なっていた。ここでも職員たちはあわただしく立ち働いている。

章子がいざなった先に、空席になった事務机があった。例の瓦版が重ねて置いてある。ほかに書き損じたらしい便箋が数枚、破られたり丸められたりして放置してあった。几帳面な杉山が散らかすとは、よほど外出を急いだのだろうか。

「これです」章子が机の上から紙片を取りあげ、池澤に渡した。

櫻井は池澤の肩ごしに紙片を眺めた。たしかに辻馬車の手配時に受けとる控えだった。東交民巷で日本公使館が契約する御者の証明印がある。

池澤がつぶやいた。「四時に迎えがくるよう予約したらしい。行き先はどこだろう」

どうしても気になる。櫻井は丸められた便箋を指さし、章子にきいた。「拝見してよろしいでしょうか」

「どうぞ」章子が応じた。

便箋を開いてみる。描きかけの図面が現れた。一見して北京南東部の略図とわかる。大通りや門の名称は漢字で表記してあった。地図には矢印が書き添えてあったが、途中で間違いに気づいたのか大きく×印で消してある。

破れた便箋も紙片を繋《つな》ぎ合《あ》わせてみた。こちらでは略図が完成している。今度は東西南の三方向から崇文門へ矢印が描かれていた。道すじをしめしているようだ。

略図の下の文章が書きかけだった。櫻井は読みあげた。「八百人ガ一列ニテ進軍セシ場合、義和団ノ急襲ヲ受ケ分断サレル恐レアリ。軍ノ大半ガ市内ヘノ進入ニ至ラズ、先ニ進軍セシ一部ガ孤立ノ恐レアリ。然ルニ略図ノ通リ三隊ニ分ケ、同時ニ進軍ニ至レバ……。書いてあるのはそこまでですね」

吉崎が眉をひそめた。「援軍が北京に入るための道順を考えてたのか？　どうして杉山さんが？」

櫻井は机上を眺め渡した。探していた物が目にとまった。便箋とは別に、二つ折りの紙がある。開いてみるとタイプライターで印字された文字列が現れた。だが文章の体をなしていない。アルファベットと数字がでたらめに混在している。一見意味不明な内容だが、文字はびっしりと紙を埋め尽くしていた。

吉崎がつぶやいた。「その紙、たしか昼間の……」

櫻井はうなずいてみせた。公使館前で杉山はロシア兵から二つ折りの紙を受けとった。これにちがいない。

14

報告後、柴中佐の対応は迅速だった。ものの数分で、日本公使館の将校用会議室に、櫻井ら四人は招かれた。書記官の石井と楢原も姿を見せた。

部屋には柴中佐、守田大尉、安藤大尉のほか、原大尉を筆頭に愛宕の士官らも集まっていた。

櫻井らが提出した紙は、すでに原大尉の手に渡っていた。原が眉間に皺を寄せていった。「これは大日本帝国海軍の暗号文だ。座標式の和文暗号の発展形で、海軍独自のカナ三文字符号を使用。電信符号と組み合わせ、変換表でアルファベットと数字の文字列に改める。しかし、こんな打電はどこからも受けていない。もちろんわれわれも送信していない」

安藤が神妙にいった。「陸海軍で共通のカタカナ手旗信号とも異なる暗号だな」

原はうなずいた。「わが連合艦隊が清の北洋艦隊との海戦時に用いたが、外務省から解読される恐れありと報告を受け、最近では内部の通信に使うていどだ。現在の海軍が外務省と共有する暗号ともちがう。なぜ杉山書記生のもとに届いたんだろう。それもロシア兵を経て」

守田が柴を見つめた。「自分も昼間、杉山さんがロシア兵と接するのを目にしました。この日本公使館の玄関先です」

章子が告げた。「わたしたち職員は他国の公使館職員と連絡を取りあいます。ロシア軍と直接かかわることはありません」

第一書記官の石井がうなずいた。「軍関係はすべて駐在武官殿が担っておられます。杉山君に限らず、ロシアとやりとりする予定などありませんでした」

柴が険しい表情になった。「その暗号の内容は？」

愛宕の少尉が別の紙を差しだした。原がそれを受けとり、柴に手渡した。「解読した文章です。シーモア海軍中将の援軍第一陣に加わっている、愛宕陸戦隊の夏木という大尉から、日本公使館に宛てた内容です。各国の将校らによる協議の結果、清国側の傍受を避けるためロシア経由で伝えるとしています。鉄道の被害最小にして、義和団の妨害もほとんどなく、わずか半日の遅れで到着の見こみとあります。よって東交民巷への進入経路を知らせてほしいと」

安藤がきいた。「夏木大尉というのはきみの部下か」

原は苦々しげに首を横に振った。「愛宕にそんな乗員はいない。援軍に加わるとすれば愛宕ではなく、新たに大沽に入港するほかの艦の陸戦隊になる。巧妙な罠《わな》だ。いまや鉄道全域と連絡がとれない状況のため、援軍に伝えようとすれば直接出向くしかない。それも目立たぬよう軍人以外が単独で駅へ向かうべきと、文面で誘導している」

楢原二等書記官が表情をひきつらせていった。「杉山君はなぜ上に報告しなかったんだ?」

原が応じた。「文中、公使館と軍の内部に密偵が潜んでいる可能性が示唆してあります。進軍する道すじを簡潔に知らせてくれるだけでいい、面倒な手続きによらず、迅速に伝達してほしい。そんな内容です」

守田が疑念のいろを浮かべた。「杉山さんは海軍の暗号を解読できたのか?」

章子は深刻な面持ちでいった。「外務省なら誰でも知っていることです。海軍の暗号変更のきっかけになりましたから」

石井がつぶやいた。「甚だ遺憾なことですが、外務省内において公然たる情報となれば、諸外国に筒抜けになるのも時間の問題かと……。過去にも複数の事例がありましたので」

　室内が静まりかえった。重苦しいばかりの沈黙が漂う。安藤大尉がささやいた。「杉山さんがひとりで動かざるをえない状況をつくり、馬家堡駅へおびきだしたのか」

　櫻井のなかで心の呵責《かしやく》が渦を巻いた。杉山は責任感が強い。この暗号を受けとったら、危険を顧みず動こうとするだろう。

　章子がうつむきがちにつぶやいた。「杉山さん、ご無事でしょうか」

　一同が黙りこむなか、安藤が章子を見つめた。「東交民巷の外にしろ北京郊外にしろ、清国の官兵が警備しています。いかに彼らが列強に反感を抱こうと、暴徒が辻馬車を襲撃するのを見過ごしたりはしないでしょう。国際問題になると彼らもわかっているはずです」

　柴が置時計を眺めた。冷静な口調で告げる。「もうすぐ五時だ。守田大尉、ここにいる部下全員を指揮し崇文門を見張れ。杉山さんの馬車が戻ってきたら援護しろ。義和団による襲撃があれば発砲していい、自衛手段だ」

　崇文門は東交民巷の東南の入り口にあたる。東四牌楼大街にある崇文門を北へくぐれば東交民巷だった。

　楢原がこわばった表情できいた。「軍隊を繰りだして、駅まで迎えにいくわけにはまいりませんか」

原が首を横に振った。「午後に入り、東四牌楼大街に義和団が集結しているんです。いまは東交民巷の防御力を低下させられません」

現在、東四牌楼大街はすでに危険地帯だった。急ごしらえの防壁は、それよりわずか手前に築かれている。崇文門は防壁越しに見張ることになる。

守田が声を張った。「出撃！」

愛宕陸戦隊の士官らがいっせいに動きだす。村田連発銃を携え、続々と部屋の外へ駆けだしていく。陸軍も同様だった。行くぞ、と池澤がいった。櫻井は身を翻したが、吉崎がまだ前床管弾倉への弾込め作業に忙しかった。池澤は呆れ顔になった。

章子が櫻井に話しかけてきた。「わたしも一緒に行きます」

「やめてください」櫻井はいった。「防壁といっても家具やソファが積んであるだけです。義和団が押し寄せたとき、ほんの数秒の時間稼ぎにしかなりません」

「杉山さんはわたしの上司なんです」

櫻井は手もとに目を落とした。思考を停滞させられれば、どんなに楽だろう。そう感じざるをえなかった。だが事実は歴然としている。章子は母を失った。妹の千代が悲劇をまのあたりにした。二度と悲しみに浸りたくない、そんな切実な思いを抱くのもわかる。

　しかし東交民巷に身を置き、今後も心が安泰でいられる可能性はわずかでしかない。

　楢原二等書記官がおずおずといった。「私や石井君が彼女を守りますから。義勇兵ですし」

　吉崎は鼻を鳴らした。「拳銃ぐらいは持っていってくださいよ」

　池澤が冷やかな目で吉崎を見つめた。「おまえは早く弾を込めろ」

「できました」吉崎が銃をかまえドアへと向かった。「櫻井、またせた。行こう」

　櫻井は背後をついてくる靴音を複数きいた。いまこの場の判断を一生後悔するかもしれない。みな死なずに明日を迎えられるだろうか。

15

六月十一日、北京の日没は遅い。太陽が西の山に消えるのは八時近くだ。まだ五時すぎだけに外は明るかった。それでも陽射しは傾斜しつつある。東交民巷の街並みも黄いろく染まりだしている。光に赤みが混ざるには、もう少し時間を要するだろう。

日本公使館前を走る並木道の東端、東四牌楼大街への出口に、防壁が築かれている。その防壁の手前で原大尉の指示のもと、愛宕陸戦隊が続々と配置に就く。片膝をついて姿勢を低くし、家具類の隙間に銃身を突っこんで、向こう側の街路にひしめく義和団を狙う。

池澤軍曹が安藤大尉に指示を求めている。敬礼した池澤が駆け戻ってきた。「櫻井、吉崎。そこのピアノと洋服簞笥《ようふくだんす》のあいだがわれわれの持ち場だ」

吉崎が顔をしかめ配置についた。「どうせなら俺たちが運んだ柱時計の陰にしたかった。あれの下敷きになるんなら本望だ」

櫻井は防壁の前でひざまずくと、弾を一発、薬室に直接手込めにかかった。前床管弾倉に八発が装塡された状態で、このようにすれば九連発になる。指先に震えが生じていた。櫻井はわざと荒っぽい動作で、強引に作業を完了させた。

本来の戦争ならこんな配置はありえない。木製の家具類に身を隠したところで、敵の銃弾が貫通してくる。しかしいまの敵は義和団だ、刀や槍しか持たない。戦国時代の合戦で、馬防柵の隙間から火縄銃を撃つのに似ている。問題は敵の頭数だった。いっせいに襲いかかってくれば、おそらく撃ちきれない。防壁はたちまち津波に呑まれるごとく崩れ去るだろう。

ピアノと本棚の隙間から崇文門が見える。まさに黒山の人だかりだった。紅巾たちは道をふさぐように密集している。いたるところで演武を繰りひろげる。奴らなりの準備運動だろうか。槍や刀を頭上で回転させながら跳躍する。奇声が断続的に響き渡る。

馬車が接近してくるようすはない。蹄《ひづめ》の音もきこえない。櫻井はため息をついた。制帽をずらし額の汗をぬぐう。防壁の手前、味方の勢力を眺めた。

章子がうろついているのが目に入った。防壁に近づこうとするたび、そこを守っている陸戦隊の兵士が振りかえり、手で追い払っている。章子は戸惑いぎみに後ずさっては、また別の場所で同じことを試みる。

なぜ義勇隊の楢原や石井と一緒にいないのか。櫻井は辺りを見まわした。楢原と石井がいた。崇文門から最も遠い防壁の端で猟銃をかまえている。比較的安全な場所に配置されたのだろう。あそこからでは崇文門が見えない。章子が彼らのもとを離れたのは、それが理由のようだ。

しかし民間人の彼女が近寄るのを許す兵士はいない。章子は困り果てた顔でさまようばかりだった。

櫻井はじれったくなり立ちあがった。いったん持ち場を離れる。

池澤が呼びとめた。「櫻井」

「すぐ戻ります」櫻井はそういって章子のもとへ駆け寄った。彼女の手首をつかみ、引っぱって自分の配置へ連れてきた。章子を振りかえってささやいた。「姿勢を低く。自分の背後にいてください」

吉崎が目を丸くした。「おい。櫻井」

池澤も咎めてきた。「なにしてる。民間人を近づけるな」

だが櫻井はやむをえない処置だと考えていた。章子が防壁の向こうを覗《のぞ》こうとうろついたのでは危険極まりない。一ヵ所に留まらせておくほうがましだった。櫻井はつぶやいた。「自分が責任を持ちます」

ふいに義和団から奇声があがった。櫻井は村田銃をかまえた。右頬を銃床の左斜め上部に密着させる。池澤や吉崎も同様にしていた。

紅巾の集団が異様な動きをしめした。個々の演武でなく、全体として踊りだしている。妙な音階を口で奏で、それに合わせて蟹股に跳躍し、左右の足は時間差を置き着地させる。誰もが防壁を向き、そんな動作を繰りかえす。猿の群れが挑発行為に及んでいるかのようだ。

にわかに騒々しくなったせいで緊張が一気に高まった。陸戦隊の兵士らは、瞬時に発砲できる体勢を維持している。むろん櫻井もそうしていた。

櫻井の背に章子がすがりついてきた。伝わってくるのは体温だけではない、かすかな震えを感じる。櫻井は動かなかった。

義和団の動きはしだいに小さくなり、声もやんでいった。紅巾たちの目が防壁から逸れた。しきりに崇文門の向こう側を眺めている。

やがて蹄の音がきこえた。どんどん大きくなっていく。

章子が色めき立ったようすで身を乗りだした。「帰ってきた」

だが櫻井は妙な気配を感じとった。「まってください。ようすが変です」

「なにが？」章子がきいた。

「車輪の音がしません」櫻井は崇文門へ銃身を向けた。「馬車ではない」

紅巾の群れがふたつに割れ、道の真んなかを開けようとしている。短い単語を反復しだした。武器を振りかざし、声を揃えて怒鳴る。

池澤が櫻井にたずねてきた。「なんていってる？」

櫻井は思ったままを口にした。「ハン・ジーと繰りかえしているようです。たぶん人の名前でしょう」

蹄の音が大きくなるにつれ、紅巾らの唱和も大きくなる。ハン・ジー、ハン・ジー。

砂塵が舞うと同時に歓声があがった。崇文門をくぐり現れたのは、たった一騎の騎兵だった。

かつて甲冑《かっちゅう》に身を包んでいた清の騎兵も、小銃や大砲の時代を迎え、民族衣装を模した軍服に変わっていた。黒の朝帽に群青いろの馬褂をまとっている。顔は浅黒く、異様に細い眉毛の下に血走った目が見開き、口は裂けているかのように大きい。右の頰から首にかけ、大きな痣《あざ》ができていた。銃を背負っているが、かまえる素振りはない。代わりに槍を握っている。

防壁の向こうで、騎兵は馬に乗ったまま静止した。大胆な挙動だった。狙撃を恐れているとは思えない。無言でこちらを睨みつける。騎兵が片手をあげると、紅巾らの唱和がやんだ。辺りはふいに静まりかえった。

清国政府軍の騎兵のはずが、義和団を鎮圧する気はないようだった。むしろ紅巾らの支持を集めている。ハン・ジーというのは、おそらくこの騎兵の名だろう。

しばし時間が過ぎた。吉崎が銃をかまえたままつぶやいた。「なにかを待ってるみたいだな」

同感だと櫻井は思った。騎兵は自分から行動を起こそうとはしていない。

櫻井は池澤にささやいた。「奴と話すべきでしょう。自分が行きます」

「本気か？」池澤がきいた。

「ええ。このままじゃ埒《らち》があきません」

池澤は唸りながら立ちあがった。後方に控える安藤大尉のもとへ駆けていき、言葉を交わす。安藤がうなずいた。池澤は振りかえり大声で告げた。「櫻井。行け」

櫻井は背後の章子にいった。「吉崎の後ろにいてください。それ以上、防壁に近づかないように」

無駄な時間は費やせない。櫻井は防壁のなかにあるトランクを、両手で押して向こう側へ落下させた。小さな開口部ができた。櫻井は頭から飛びこみ防壁の向こうへ抜けた。柔道の受け身も同然に前転し、すぐに起きあがる。

立ちあがったとき、紅巾の群れが視野を覆い尽くしていた。真正面に騎兵がいる。防壁越しに眺めていたのとはちがう、そう実感した。膝が震えた。もう傍観者ではない。たったひとり東四牌楼大街に繰りだし、敵陣に身を置いている。

守田大尉の怒鳴り声がきこえた。「櫻井伍長を援護！」

静寂のなか、かすかな金属音が無数に響いた。村田連発銃をかまえ直すと、前床管弾倉の弾があんな音を立てる。

櫻井は手にした銃を騎兵に向けなかった。話し合いの意思があることを、まず態度でしめすべきだろう。

ふしぎと臆する心境にはなかった。みずからの感覚をたしかめる余裕すらない、ただそれだけかもしれない。櫻井は騎兵に声をかけた。「用件《ニヤオシエンモ》をうかがいます」

騎兵は鼻を鳴らした。手綱を操り、馬の向きを変える。背に載せていた大きめの麻袋を、どさりと地面に落とした。

人体がおさまるほどの大きさではない。だが、それで安心していいのだろうか。袋の口は縛られていて、赤い紙が貼りつけてある。黒ずんだ液体が滲《し》みだしていた。

騎兵がいった。「贈り物だ《ソンゲイニ》」

返事を待つ素振りもなく、騎兵は馬を走らせた。砂埃を巻きあげ、崇文門をくぐり遠ざかっていく。

紅巾の群れは沸かなかった。無言のまま櫻井を凝視している。麻袋を持ち帰るかどうか見極めたがっているようだった。

櫻井は麻袋のもとにしゃがんだ。赤い紙に書かれた文面が目に入る。

じっくり読みこむまでもなかった。意味が解釈できたとき、憤怒《ふんぬ》に似た痛烈な哀感が鋭く胸にこみあげた。視野に涙が滲みそうになる。だがこんな場所で泣き崩れるわけにはいかない。櫻井は麻袋を両手で持ちあげた。重かった。まだ温かい。どんな思いか自問自答するのをやめた。紅巾の集団に背を向け、防壁へゆっくりと引きかえす。

積みあげられた家具類のなか、ぽっかりと空いた開口部がある。その向こうで、章子が不安げにたたずんでいるのが見えた。近くに池澤と吉崎もいる。守田大尉や安藤大尉も歩み寄ってきた。

櫻井は章子を見つめた。章子も櫻井を見かえしていた。その瞳がうつろになり潤みだしている。

自然に櫻井の目は池澤に移った。池澤は茫然と櫻井を眺めていたが、やがて意思を感じとったらしい。章子に向き直った。

池澤は章子の腕をつかんだ。「行きましょう。公使館へ戻ってください」

その池澤の反応にこそ、章子は確信を深めたらしい。身をよじって逃れようとした。動揺があらわになり、言葉にならない声を発している。

吉崎が章子のもう一方の腕をつかんだ。池澤とふたりがかりで防壁から引き離そうとする。

章子は暴れだした。「離してください！　こんなの嫌！」

悲痛な叫びが千代と重なる。章子は顔を真っ赤にし泣き喚いていた。池澤と吉崎が章子を力ずくで遠ざけていく。必死に抵抗する章子の姿が、櫻井の視界のなかで小さくなっていった。

櫻井はうつむき目を閉じた。両手に感じる重さを忘れまいとした。

杉山が穏やかに告げた言葉が、いまも耳にこびりついている。心が休まらないのは誰でも同じでしょう、杉山はそういった。けれどもこの国は、維新前の日本と同じです。アジアで最初に近代化した私たちが導いてあげないと。でなきゃ清国は西欧列強に政権をとられて植民地化し、日本にとって脅威になってしまうかも。

私は水戸藩士の子として生まれたんですが、五歳で大政奉還、六歳で江戸城開城、九歳で廃藩置県と、小さいころにどんどん世のなかが変わってね。自分の成長と国の発展が、歩調を合わせているようにも感じてたんです。だから思いあがりかもしれないけど、国の近代化は自分のことのように教えられる気がしてるんです。

外務省に入り、清国に赴任して三年目です。この歳になると、子供の成長を見守ってる親の気分ですよ。図体がでかい分、日本ほど機敏じゃないですが、きっといい子に育ちます。

あの出会いを胸に刻もう。櫻井はそう誓った。停滞していた人生が前に進みだしたあのときを。

16

日没後、櫻井は日本公使館の将校専用会議室に戻っていた。

一瞬、自分がなにをしていたのかわからなくなる。櫻井は部屋の真んなかに立っていた。柴中佐や陸海軍の大尉たち、陸戦隊の士官、それに池澤や吉崎。みな固唾《かたず》を呑んで見つめてくる。

そうだった。自分は報告している最中だ。防壁の向こうで起きたことを、あらかた伝え終えたところだった。

終盤、言葉を切ったのを思いだした。あまりに辛くて話せなかった。どうやらそのとき、ほんの一瞬だが意識が遠のいたらしい。陸軍に入ってから、疲れのあまり立ったまま眠ることはよくある。ふらつかずに済んだのは、そんな経験からかもしれない。

誰も先を急《せ》かさなかった。厳しい軍人のあいだにも思慮はたしかにある。いまがそのときにちがいなかった。

手もとに目を落とす。皺くちゃになった赤い紙が握られていた。筆で書かれた支那語について、意味を伝えねばならない。櫻井は震える声を絞りだした。

「ここに書いてあるのは」声が喉にからんだ。櫻井は咳ばらいをした。「西遊記の一節だと思います。前もって申しあげます。西遊記のなかで、妖怪たちは三蔵法師の肉を食べ、霊力を獲得しようとします。この文章を訳すと、以下のようになります。刀を研ぎ、坊主の腹を切り、心臓を抉《えぐ》りだし、皮を剝ぎ、肉を削《そ》ぐ。八刀刑に処す」

守田が櫻井を見つめてきた。「八刀刑というのは……」

櫻井は一同を眺め渡した。章子は療養に入っていて、この場にはいない。それだけが幸いだった。

搾め木にかけられたような胸の痛みをおぼえながら、櫻井はいった。「肢解《しかい》の刑ともいいます。清国の処刑のひとつです。すべて身体の左側から刻みます。最初はみぞおち、二刀めが上腕筋、三刀めは太腿《ふともも》、四刀めと五刀めで両肘、六刀めと七刀めで両膝、八刀目で首を切ります。切断後の部位は籠に入れられ、落とされた首は晒されます」

室内は静まりかえった。どの顔も暗く沈んでいた。

柴がつぶやいた。「諸君。麻袋のなかの遺体を見たな？　鼻、耳、口を削ぎ落とされていても、私たちにはわかる。まぎれもなく杉山書記生だ。両腕両脚はなくなっている。背中の皮を剝ぎ、心臓を刳《く》り貫《ぬ》かれている」

櫻井は耐えがたい思いとともに告げた。「この赤い紙の末尾には署名らしきものがあります。韓捷《かんしょう》と書かれていますが、支那語での読みはハンジーです。義和団はその名を繰りかえし叫んでいました。支持を表明していたものと思われます」

池澤が怒鳴った。「許せん。制裁あるのみだ！」

愛宕陸戦隊の士官らがいっせいに色めき立つ反応をしめした。

柴は片手をあげて制した。あくまで冷静な口調でいった。「韓捷は、董福祥《とうふくしょう》率いる甘軍の騎兵隊長だ。甘軍は甘粛省《かんしゅく》の軍隊で、二年前まで清国軍の主力である北洋三軍のひとつだった。去年、栄禄が北洋三軍を武衛軍に再編したが、董福祥の甘軍もほぼそのまま取りこまれている。清の正規軍だ」

守田大尉が憤りのいろとともに吐き捨てた。「正規軍は義和団と結託し、われわれに牙を剝いたんだ」

安藤大尉が唸った。「甘軍だけが清国政府に反旗を翻した可能性もある。敵味方の区別がつかないとまずい」

そのときドアの向こうから声がした。芦屋《あしや》砲術長、入ります。峰岡機関官、入ります。

櫻井はふと気になりドアを振りかえった。たしかに峰岡上等兵曹の声だ。機関官だったのか。

海軍には兵科と機関科の対立がある。軍艦に機関科の存在は重要なはずだが、いまだに機関官は文官に等しいと見下げる傾向があるらしい。

入室してきたのは、唐装の男ふたりだった。櫻井は面食らった。よく見るとひとりはたしかに峰岡だった。日本軍人は髪を短く刈っているため、涼帽をかぶってしまえば違和感がない。背中には身の丈をうわまわる籠を背負っている。後頭部から背中まで覆い隠すためだろう。辮髪でないことが発覚しにくくなる。

原大尉が柴にいった。「ご命令のとおり、漢人に変装させたふたりに市街地を偵察させました」

吉崎が眉をひそめてつぶやいた。「これは驚いた」

愛宕陸戦隊の士官たちは、誰も意外そうな顔を見せなかった。

守田大尉も彼らの無反応が気になったらしい。士官たちにきいた。「きみらは知っていたのか？」

士官のひとりがうなずいた。「くじ引きで二名選ぶことになっていましたので。峰岡はみずから志願しましたが」

柴が峰岡を見つめた。「なぜ志願した？」

峰岡が真顔のまま、わずかに視線を落とした。「杉山書記生殿がお亡くなりになったと聞き、命に代えてでもお役に立ちたいと思いました。それだけです」

意外だった。櫻井は峰岡の勇気に舌を巻かざるをえなかった。いまこの状況下で東交民巷の外へでるとは。

芦屋が柴にいった。「支那語はあまりわかりませんが、目視で知りえた事実をご報告申しあげます。市街地の南端、永定門に清国軍の検問所ができています」

守田が片方の眉を吊《つ》りあげた。「検問だと？　義和団がこんなに流入しているのに、いったいなにを取り締まっているんだ」

峰岡は暗い顔で告げた。「私たちが永定門に到着したのは、陽が沈む前だったのですが、まだ騒動の名残はありました。馬車で市街地へ入ろうとした杉山さんは、騎兵による尋問を受け、馬車から引きずり降ろされ、その場で、そのう」

芦屋が低い声でつづけた。「惨殺されたようです。現場には痕跡といいますか、放置された辻馬車のほか、ご遺体の一部が……」

沈黙が降りてきた。今度の静寂は長くつづいた。置時計のときを刻む音だけが、やけに耳障りに反響した。

原が声を荒らげた。「治安維持のため検問を張る騎兵隊が、公然と処刑を実行した。永定門は城塞都市北京の出入り口であり、官兵も役人もひっきりなしに往来する。甘軍のみの蛮行であるはずがない」

猛然と怒りがこみあげてくる。櫻井は衝動的に身体を突き動かされた。上官らに敬礼し、村田連発銃を携えドアへ向かった。

柴が呼びとめた。「どこへ行く」

遠慮している場合ではない。櫻井は振りかえっていった。「ロシア兵のなかに、杉山さんを罠にかけた者がいます。捜しだして引っぱってきます」

安藤が諭すように告げてきた。「櫻井伍長。気持ちはわかるが、確たる証拠もないのに他国の兵を責めるのは、規律を乱す行為だ」

「いや」守田が安藤にいった。「私もこの目で見た。あれはロシア兵の軍服だった。二等卒だったと思う」

吉崎が挙手した。「自分も見ました。ただ、どうも気になります。巨漢ばかりのロシア兵にあって、妙に小柄で華奢《きやしや》だったんです。栗いろの髪で、色白で。軍服もだぶついてました。正直あんなのを徴兵するのかと思ったぐらいで」

櫻井は吉崎を見つめた。「めずらしい外見なら捜すのも容易だ」

「まて」吉崎がしかめっ面でいった。「軍人に限らず、誰かがロシア兵に成りすましていたら？　だいたい本当にロシア兵のしわざなら、白昼堂々と日本公使館に近づくか？　それも杉山さんが玄関を出入りするまで、根気強く見張っていたことになる。あまりにも目立つだろう」

怒りにまかせて反論したい衝動に駆られる。だが櫻井は口をつぐんだ。吉崎の主張にも一理ある。兵士らしくなかったのはたしかだった。

柴がゆっくりと歩み寄ってきた。櫻井をじっと見つめ、柴は静かにいった。「一緒に来い」

これまで柴が見せたことのない軍人の顔がそこにあった。櫻井はとっさに姿勢を正した。はいと声を張った。

柴がドアへ向かいだした。「櫻井伍長を連れイギリス公使館へ行く。守田大尉、全員を警備の配置に就かせろ」

「はい」守田が野太い声で応じた。

櫻井は柴につづいた。伍長の分際でたったひとり同行を許された。だがもう恐れ多いとはいっていられない。峰岡に勝る勇気をしめさねばならなかった。そのことになんの躊躇もない。

17

ヴィクトリア朝の装飾を施した柱時計を眺める。夜九時をまわっていた。

櫻井は柴に同行し、イギリス公使館の執務室を訪ねていた。銃は玄関先に預けてある。丸腰で部屋の隅に立った。

柴中佐は椅子に腰かけ、デスク越しにマクドナルド卿と向きあっていた。

室内にはもうひとり、アメリカの公使がいる。デスクのわきで肘掛け椅子に身をあずけていた。年齢は五十代後半、顎にたくわえた髭が髪とつながり、顔を灰いろに縁どっている。ふたりの公使にはあきらかな歳の差があるが、英語で気さくな会話を交わしていた。

マクドナルドはアメリカ公使をエドウィンと呼んだ。柴はコンガー公使殿といった。エドウィン・コンガーが姓名らしい。会議の席上では国籍ばかりで呼びあうが、それよりは打ち解けた状況のようだ。

とはいえ公使ふたりは、さほどくつろいだ態度をしめしていなかった。柴からひと通り事情が伝えられると、公使らは揃って表情を曇らせた。

「それで」マクドナルドはデスクの上で両手を組み合わせた。「柴中佐。私たちになにか要請でもあるのかね」

「真実をお知らせ願いたく存じます」柴が真剣な面持ちでいった。「六月四日の時点で、マクドナルド卿はこうおっしゃいましたな。西太后が皇帝を幽閉していようと、首席大臣の慶親王奕劻はわれわれに友好的であると。いまはとてもそんな状況とは思えないのですが」

ふたりの公使は顔を見合わせた。いずれも渋い顔をしている。コンガーが柴に向き直った。「嘘をついたわけではない。ただその後、事情に変化があった」

マクドナルドが神妙にいった。「一昨日から昨日朝にかけ、西太后が御前会議を開いた。けさになって通達があったよ。総署の人事が刷新された。奕劻は首席大臣を免職され、代わって端郡王載漪《たんぐんおうさいい》が後任に就いた」

柴が表情を険しくし身を乗りだした。「載漪ですって？」

櫻井は息を呑んだ。新聞を通じ載漪の名は知っていた。昨年、子を皇帝の座に就かそうと西太后と結託したものの失敗した。太上皇になり損なったのは、列強の干渉のせいだと勝手に思いこみ、逆恨みしている急進派だった。

コンガーがため息とともにうなずいた。「総署大臣も那桐《なとう》、溥興《ふこう》、啓秀《けいしゅう》の三人になった。いずれも好戦的な満州人だ。それに前後して、帝都の警備も董福祥の甘軍に代わった。西太后の指示だ」

柴が唸った。「シーモア海軍中将の援軍第一陣が天津を出発したのが、昨日の朝です。それと時を同じくして、総署の要職が改められたというのですか」

総署とは日本でいう外務省だった。対外政策のすべてを取り仕切る。それがいまや強硬姿勢をしめす役人たちに牛耳られている。まるで扶清滅洋の標語に呼応するかのような、突然に過ぎる人事の刷新だった。

コンガーが柴に対し語気を強めた。「援軍要請のせいで清国政府を刺激したと考えるなら、それは極論だ。私たちは義和団に包囲されている。自衛手段をとるのは当然の権利だ」

「そんなことは申しておりません」柴が厳しい口調で応じた。「清国の重大な人事異動について、なぜ教えてくださらなかったのですか。少なくともわが国の西公使には伝わっておりません。わかっていれば杉山書記生が外にでることもなかったでしょう」

ふたりの公使はいっそう口ごもった。互いに発言を譲りあうような態度をしめしている。

マクドナルドがおずおずといった。「大臣らが代わったからといって、国の対外政策が真逆に転ずるなど世界の常識に反する。よって私たちとしては載漪以下の新たな総署を、外交の窓口とは認めない判断を下した」

コンガーが後を引きとった。「無視が最良の選択と考えたんだ。あんな連中では話ができんと態度でしめすことで、穏健派への交替を促そうとした」

柴は首を横に振った。「恐れながら、われわれは敵のなかに孤立しております。根《こん》くらべを始めたのでは、あきらかに敵が有利です」

「援軍が到着すればなんとかなる。それまでの辛抱だ」

「その援軍も、どのあたりまで来ているかさだかではないのです」柴は言葉を切った。唸るようにため息をつき、今度は静かに切りだした。「さきほども申しあげたとおり、杉山書記生がおびきだされた件につき、ロシア兵の関与が疑われます。ロシア公使に伝達し、ただちに疑わしい兵士を絞りこむようお伝え願いたいのです」

コンガーは心外だという顔になった。「外交問題だ。それも日露間のな。われわれ米英が関与することではない。日本公使からロシア公使へ申しいれるべきだろう。きみも駐在武官なら、ロシアの駐在武官と話し合ったらどうだ」

「いいえ」柴はきっぱりといった。「いま東交民巷はひとつの小国も同然なのです。運命を共にする以上、従来の外交における習わしなど無用の長物です。東交民巷を統括する立場にあるのはイギリスでしょう。問題の解決に乗りだしてください。罪人を日本に引き渡せといっているのではありません。十一ヵ国連合のもと、裁きにかけるべきなのです」

柴は頭を下げなかった。この部屋に入ってから、いちどたりとも頭を垂れてはいない。

櫻井は固唾を呑んで見守った。柴ばかりでない、英米公使の柴に対する態度も以前とはまるでちがっていた。あきらかに及び腰だった。

コンガーが当惑ぎみにマクドナルドを見つめた。「クロード。たしかにこれは見過ごせない問題だ。日本海軍の暗号を用いた罠にしても、手が込み過ぎている。ひょっとしたら……」

マクドナルドが硬い顔でコンガーを見かえした。「内部に敵がいるかもしれんというのか」

「柴中佐のいうように、東交民巷がひとつの小国だとしよう。国には敵の密偵や工作員が紛れこむ。あるいは敵国の思想の信奉者や、共鳴者が生じないとも限らん」

「一介のロシア兵が清国政府になびいたと？」

櫻井は口をはさんだ。「恐縮ですが、ロシア兵だったとは限りません」

柴もうなずいてマクドナルドにいった。「軍服が盗まれていないかどうかも含め、ロシア軍内部を徹底的に調べさせるべきです」

マクドナルドは難しい顔をして、デスクの上の調度品を手にとり弄んだ。「三十年と少し前、日本は武士の国だった。家には夫の帰りを待つ妻がいた。それがいまでは、夫がスーツを着て会社へ通い、妻も暇を見つけて工場で働く。私たちが数百年かけて獲得した近代的な社会制度から科学技術までを、日本人は一代もかからず学びとった」

コンガーがマクドナルドを見つめた。「クロード。だいじょうぶか」

マクドナルドがつづけた。「もともと農民ですら読み書きができ、数字に強かった。勤勉で勤労、集団を重んじ、貧しい生活にも耐える。まるで国民全員が軍人だ。昼夜問わず東交民巷の街路を警備する日本の兵士を見て、おぼろにわかってきた」

「なにがだ」コンガーがきいた。

「武士道を受け継ぎながら現代社会に適応している。それが日本人の特質なんだろう。私たちの合理主義といいながら無駄の多いやり方を、柴中佐は許してはくれまい」

沈黙があった。マクドナルドは上目づかいに柴を見た。柴は無言で見かえしていた。

やがてマクドナルドは調度品を遠くへ押しやった。「私も元軍人だ。主張はよくわかる。東交民巷全体の危機として、ただちにロシア公使に伝える」

柴は小さくうなずいた。席を立ちようやく一礼した。ドアへと向かいかけてから、マクドナルドを振りかえっていった。「前から申しあげておりますが、夜の照明は白熱電球ばかりに頼らず、半分をガスランプと蠟燭《ろうそく》にすべきです」

マクドナルドが弱りきったように、片手をあげながら応じた。「きみの作成した地図にも書いてあったな。今後は徹底させる」

柴が退室していく。櫻井は後につづきながら、ひそかに感銘を受けていた。

イギリス公使に日本人を認めさせた。柴は最初から心に決めていたのだろうか。西欧人たちの意識を変えさせるには、行動でしめすしかないと。

18

廊下へでて螺旋階段を下る。櫻井は柴に話しかけた。「前に柴中佐がお会いになった栄禄という人は、まだ軍機大臣なのでしょうか」

「わからんな」柴は階段を下りながら応じた。「栄禄は軍の近代化に熱心だ。最新の武器や技術を輸入するために、列強との関係悪化を避けようとしていた」

「だから話し合いの余地があったんですね」

「とはいえ栄禄は、皇帝を幽閉するため西太后に力を貸した過去がある。そのときは甘軍の董福祥とも協力関係にあった。いまも栄禄は軍の最高指揮官だが、甘軍は主力であり精鋭だ」

「信用できないということですね」

「いや」柴はいつものように穏やかな口調に戻っていた。「そう決めつけるべきではないよ。フォン＝ケットレル公使のように、満州人や漢人はこういう民族だと断定してはいけない。五胡《ごこ》、契丹《きったん》、モンゴル民族の血も交じっているだろうし」

またひとり名があきらかになった。ドイツ公使はフォン＝ケットレルという名らしい。

柴中佐は、満州人や漢人が面子にこだわるのを見越したうえで、あえて腰を低くしたのではなかったのか。だが柴はいま、こういう民族だと断定してはいけない、そういった。実のところ、柴が策を弄して人づきあいをしているようには思えない。ふだん見せる温厚さも偽りとは考えにくい。

変わった人だと櫻井は思った。まさしく駐在武官の役割どおり、外交官と軍人というふたつの顔を有している。しかもいずれも素顔と信じられる。

玄関ホールに降り立った。医療室の設備がここへ移されている。軍医の中川十全が立ち働いていた。ソファには日本人の婦人がふたり寄り添っている。医療用ベッド代わりのソファに、章子が横たわっていた。まだ眠っているようだ。

婦人たちとは、さっき入館するときにも挨拶を交わした。中川十全の妻キヨ子と、技師で義勇兵を務める小川量平の妻フミ子だった。

今後、野戦病院となる予定の玄関ホールには、もうひとり痩身の白人女性が立ち働いていた。年齢は二十代後半、褐色の髪を頭の後ろでまとめ、ビジティングドレスをまとっている。ラナ・リウッツィ、イタリア公使館職員で測量が専門。それなりに日本語が話せる。看護婦経験があるため、夕方に章子が運びこまれるのを見て、手伝いを志願してくれたらしい。

柴は中川と婦人たちに会釈し、通り過ぎようとした。櫻井もそれに倣った。

そのときキヨ子の声が響いた。「楽にして。まだ寝ていていいの。一回の入院で二度お薬はでないのよ、不足してるから」

櫻井は足をとめ振りかえった。ソファに寝ている章子が、ぼんやりと目を開けていた。

章子が茫然とした面持ちで天井を見上げた。三人の女性を眺める。視線が櫻井のほうを向いた。

柴も立ちどまっていた。気遣うまなざしを章子に向けている。

中川がホールの隅で、薬品の小瓶を並べていた。ガラスが軽く打ちつけあい微音を響かせる。ほかに物音はいっさいなかった。

章子が柴を見つめた。ささやくようにたずねる。「籠城戦ですか」

「ええ」柴が静かに応じた。「そうなります」

それだけいうと柴は章子に背を向け、外へと立ち去っていった。

櫻井はまだその場に留まっていた。章子の目が潤みだすのを見て、憂愁をおぼえるのを禁じえなかった。

会津藩の籠城では、女性たちが大砲の犠牲になり、生き残った者も自刃した。章子が不安を感じるのも仕方ないのかもしれない。

柴はすでに姿を消している。自分に説明責任がある。櫻井はそう思った。だがうまくいくだろうか。櫻井は不安とともに章子に話しかけた。「あのう。柴中佐は古い価値観の持ち主ではないと思います。たとえ奥方と再婚された経緯があろうと……」

中川が振りかえった。「なんだ？　柴中佐の再婚を気にしてるのかね。クリスチャンだから仕方がないかもしれないが、心配してるような理由ではないよ」

キヨ子が夫の中川にきいた。「あなた、ご存じなの？」

「ああ」中川がソファに歩み寄った。章子を見下ろして穏やかにいった。「柴中佐はね、三十二歳で最初の妻を娶《めと》ったんだよ。くまゑさんといって、たしか明治五年生まれの十九歳だったな。翌年には、みつという長女を授かった。しかし、産後の経過が思わしくなく、赤十字病院に入院して二ヵ月後、くまゑさんは亡くなった」

章子は絶句したようすだった。櫻井も言葉を失っていた。

中川がつづけた。「柴中佐は任務で外国を飛びまわっておられ、娘さんも生後間もないころからくまゑさんの実家に預けっきりで、申しわけなく思ってたようだ。その娘さんが七つになったころ、同期の落合豊三郎《おちあいとよさぶろう》中佐が再婚を勧めた。私も落合中佐から、柴中佐の事情をきいたんだよ」

キヨ子がたずねた。「後添いはどういうお方だったの？」

「鍋島《なべしま》みつといって、鍋島閑叟《かんそう》侯爵の姪御《めいご》さんだそうだ。新しい奥様は、娘と同じ名ではなにかと都合が悪いと思い、花と改名することを申しでた。もちろん妻子とも、いまも日本で柴中佐の無事を祈っているだろう」

章子は焦点の合わない目で虚空を眺めていた。さかんに瞬きをしたかと思うと、大粒の涙がこぼれ落ちた。

「ごめんなさい」章子が震える声でつぶやいた。「わたし、不安を払拭したいばかりに、人を責めてばかりで」

フミ子がなだめるように話しかけた。「誰でも同じよ。怖いのはあなただけじゃないから」

泣きながら章子が櫻井を見つめてきた。「伍長さん」

櫻井は章子を見かえした。「なんですか」

「わたし、清国へ来る前はイギリスにいて……。ボーア戦争から帰ってきた軍人さんの話をききました。戦場では妻を守るためだとか、そんなことを思っていられる余裕はなくて、ただ狂気の殺し合いがあるだけだって。イギリス人ですらそうなら、日本人は……」

櫻井は両手で制した。章子が言葉を切ってからも、櫻井はしばらく黙っていた。恋愛という概念が育っているイギリス人とちがい、日本人は妻を顧みない、章子にはそんな前提があるのだろう。既婚者でない櫻井には、本当のところはわからない。だが櫻井は思いのままを言葉にした。「誰もがさまざまな感情を内包しています。軍で公言が許されないというだけです。目的意識も失ったりしません。戦場では常に冷静でなくてはなりませんから。守りたいものがあるから戦うんです」

半分は願望、半分はここで初めて芽生えた感情だった。戦場でどんな心理になるのか予想もつかない。しかし仮に、ここがもう戦場なのだとしたら、戦う動機は明白だった。いま自分の目に映るすべてを失いたくない。守るべき人々に命を落とさせない。戦うのはそのためだった。

章子がため息をつき、天井を仰いだ。目を閉じると、溜《た》まった涙が頬を流れ落ちた。

フミ子がいった。「さあ、ゆっくり休んで。身体が回復したときには、自分がいちばんよくわかるはずだから」

キヨ子は櫻井にたずねてきた。「御粥《おかゆ》をあげていいですか。体力をつけてもらわないと」

夫人たちは炊事も担当している。きょうはひとりあたり小さな握り飯一個に、わずかな小松菜炒めがつくていどだった。加えて御粥となれば大盤振る舞いにあたる。

各国とも非常食の備蓄はあるが、それらを主食として運用するのに苦労しているようだった。イタリアは乾パンを砕いて牛乳漬けにし、少量の豚挽き肉を加え火を通して、ドリアをでっちあげている。ロシアは白菜に水と牛乳、卵、鶏がらをいれスープにしていた。イギリスやアメリカはもう少し余裕があるらしい。歩兵が丸いパンをかじっているのをよく見かける。考えてみると、日本の握り飯は有用な食べ物だった。場所を選ばず食べられるわりに腹持ちがいい。

櫻井は応じた。「御粥の件、だいじょうぶだと思います。公使館の食糧担当に伝えておきます」

敬礼し立ち去ろうとして、ふとラナ・リウッツィの姿が気になる。ひとことも喋らず、中川がソファに近づいたのと入れ替わりに離れていき、薬品の整頓に従事しだした。西欧人のわりに小柄だった。

櫻井のなかに鈍い感触が生じた。例のロシア兵、女性だったとは考えられないだろうか。

ありえない。櫻井はすぐにその考えを打ち消した。男と女では立ち振る舞いがちがいすぎる。馬鹿げた想像だった。

扉のわきで執事から村田連発銃を受けとる。執事の態度は以前と異なり慇懃丁寧《いんぎんていねい》になっていた。

夜空の下へでた。玄関先に立つ柴の後ろ姿が見えた。櫻井はあわてて駆け寄った。まさか待っているとは思わなかった。

櫻井は柴に敬礼した。「申しわけありませんでした」

だが柴は責めるようすもなく、ただ庭園の暗がりに目を向けていた。柴がつぶやいた。「熱心だな」

洋館の窓明かりが、庭園全体をほのかに照らしだしていた。芝生で大勢の人影が走りまわっている。端まで到達しては転がり、また立ちあがって逆の端へと駆けていく。

義勇兵の誰もが杉山の死を知っている。遺志を継ごうと、信念に突き動かされているかのようだった。実際、義勇兵の動きは揃いつつある。昼間とは見違えるほどだ。

体力も尽きることを知らない。突っ伏してもまた立ちあがる。彼らの年齢を知れば、驚かざるをえないほどの不屈の闘志だった。

しばらく義勇兵を眺めていたそのとき、ふいに視界が暗転した。

なにが起きたのか一瞬わからなかった。目を閉じたかのように闇が覆い尽くしている。辺りを見まわしても、なにひとつ視認できない。ただし声はきこえる。女性の悲鳴があがっていた。男性の叫びも耳に届く。喧騒ばかりがひろがっていく。

柴中佐が英語で怒鳴った。「静かに《ビークワイエット》！　騒いだのではかえって危険だ」つづいてフランス語、最後に日本語で同じことを繰りかえした。警告は効果的だった。辺りは静まりかえった。

電線を切られたのだろう。柴の指摘どおりだった。イギリス公使館は白熱電球に頼りきっていた。送電が途絶えれば当然、すべてが暗がりに閉ざされる。

櫻井はほとんど反射的に、腰の左に吊るした銃剣を引き抜くと、手にした村田銃の先に装着した。見えなくても問題なかった。陸軍では射撃訓練よりも銃剣術を徹底的に叩きこまれた。

ようやくランタンの光が動きまわりだした。門外にいた警備の歩兵が駆けつけたらしい。洋館の窓にも、ちらほらとランプの明かりが灯りだす。だがまだ周囲を照らすほどではない。

柴がささやいた。「明かりを見るな。暗闇に目が慣れにくくなる」

「はい」櫻井は闇に視線を向けた。

ふいに洋館の屋上から英語で叫び声があがった。「インカミング!」

直後、眩いばかりの閃光とともに銃撃音が耳をつんざいた。櫻井は身をかがめた。仰ぎ見ると、監視所に銃火が明滅していた。洋館の向こう側を射撃している。

柴がいった。「御河だ」

「行きます」櫻井は槓桿を引いて弾を装塡し、闇のなかを駆けだした。

洋館全体の影はおぼろに見てとれる。御河沿いの街路へと急ぐ。いまはそれしかなかった。

足が芝生を踏みしめた。そう思ったとき、間近で甲高い声があがった。発声から漢人とわかる。びくっとして立ちどまり、姿勢を低くしたとき、頭上でなにかが空を切った。風の音がはっきり耳に届いた。柳葉刀の反射がわずかに見てとれた。

とっさに身体が反応した。柳葉刀を片手で振りかざしているとして、身体があると推定される辺りへ発砲した。銃の強烈な反動が全身を揺さぶる。煙とともに薬莢《やっきょう》が宙に舞った。搬筒匙軸転把《はんとうしじくてんぱ》は連発に設定してある。槓桿を引かずとも次の弾が装塡される。櫻井は微妙に狙いを変えながらつづけざまに引き金を引いた。三発目で、ぎゃっという短い叫び声があがり、柳葉刀が放りだされたのが見えた。櫻井は身がまえて静観した。銃剣の先でつつくと、すぐ近くに倒れている人影があった。暗闇に目が慣れてきたらしく、腹に巻いた紅巾がうっすらと確認できた。

間髪をいれず、櫻井は前屈姿勢で右肩の銃床に重心を移し、満身の力をこめ銃剣で紅巾を刺し貫いた。断末魔の悲鳴に近い叫びがあがり、紅巾はじたばたと暴れたが、すぐに動かなくなった。

銃剣を抜いて片膝をつくまで、ほとんど訓練で体得したとおりに動いた。寒気が襲ったのはその後だった。

自分の荒い呼吸がこだまする。目の前に横たわる敵の死体が、闇のなかしだいに浮かびあがってきた。仰向けだとわかるぐらいになった。口を開けたままだった。流血は音にきこえる。泡の音に似ていた。

とどめを刺しておいてよかった。感想はそれだけだった。死体を踏み越え櫻井は走りだした。悪夢に思えた陸軍の常軌を逸した訓練は、五感を研ぎ澄ますのに有効だったと実感する。敵の動きに想像が及ぶ。演武のように大げさな挙動も的にしやすい。ただ、敵の全員がそうとは限らない。

前方に駆けてくる足音をききつけ、櫻井は素早く芝生に突っ伏した。何者かわからない。迷いは一秒足らずだった。櫻井はあえて日本語で怒鳴った。「誰だ！」

人影は息を呑む反応をしめし、つづいて奇声を発し向かってきた。間合いが詰まり、紅巾がふたりいるとわかった。櫻井は銃を連射した。四発目でひとりを打ち倒した。だがもうひとりは猛然と飛びかかってきた。

銃剣を装着した村田銃は百二十一センチ、紅巾の刀より長いのはあきらかだった。心臓を狙えとは教わっていない。身体のどこかを突くのみ、運よく腹に刺されば敵は、くの字に折れる。だが敵は横っ飛びに躱《かわ》してきた。櫻井は振り下ろされた刀を銃身で撥ねのけ、踏みこみながら斬撃にでた。肉体を裂く手ごたえを感じ、振り向きざまに刺突を食らわせた。絶叫した紅巾が暴れまわる。訓練用の藁《わら》人形より深々と刺さった。身体を蹴って銃剣を抜こうとしたがうまくいかない。次にとるべき手段は決まっていた。引き金を引いた。銃声とともに一瞬の明滅があった。霧のような液体が顔に吹きかかったのがわかる。敵の身体は仰向けに転がった。

ひとりを殺したときは重かった。ふたり目はいくぶん軽い。三人目になると、ただ現実として受けいれられた。来るべきときが来ただけだ。こちらもいつ死ぬかわからない、だからおあいこだった。その捨て鉢に近い意識が罪悪感を打ち消していく。さっきまで感じていた息苦しさも、もう忘れかけていた。

暗闇のなか、視野に強い光の残像が舞いつづける。銃剣を抜くのに相当な力を要した。また片膝をつく。火薬のにおいが鼻をついた。八発撃った、弾を補充しなければならない。

ところがそのとき、異様な速度で駆け寄ってくる人影を感じた。風圧を感じるほど間近に迫る。喚き声とともに槍で突進してきた。

全身の血流が凍りつくような一瞬だった。だが銃声が轟《とどろ》いた。聞きなれた二十六年式拳銃の音だと気づいた。閃光のなかで紅巾が宙に舞った。腹這《はらば》いに地面に叩きつけられた紅巾は、それっきり動かなくなった。

背後から近づいてきた人影が耳もとで問いかけた。「無事か。櫻井伍長」

柴中佐の声だった。櫻井は思わずため息をついた。しばらく呼吸を忘れていたような気がする。ようやく声を絞りだし、はい、そう応じた。

銃声があちこちでこだましている。遠くで叫ぶ声がした。「アハトゥン！」

「ドイツ語だな」柴も息を荒くしながらいった。「ドイツ公使館屋上の見張りだ。南御河橋に近い」

別の方角から何人か駆け寄ってくる。櫻井は肝を冷やした。まだ弾を込めきれていない。

だがささやく声を耳にした。「柴中佐殿ですか」

それが誰なのかすぐに気づいた。「西郡さん。自分は櫻井伍長であります。柴中佐殿もこちらに」

闇のなか、ほっとしたような反応があった。西郡の声がいった。「義勇兵はみな芝生に伏せてます」

柴がきいた。「きみは下士の経験者だったな？　武器を手にして援護にまわれ。残りの者は館内へ退避。夜の実戦はまだ早い」

「はい」西郡が後方を振りかえって怒鳴った。「退避。館内へ向かえ」

弾の装塡が終わった。櫻井は周りの銃声に搔《か》き消《け》されまいと、柴に大声で告げた。

「前進します」

「私は西郡君と義勇兵を援護する。ひとりでだいじょうぶか」

無理といったところでどうにもならない。はい。勢いよくそう応じ、櫻井は駆けだした。

ところが芝生の上に硬い物が並べてあった。櫻井は前のめりに転倒した。布の感触がある。義勇兵の武器類だった。身体の下敷きになっているのは、日本刀の鞘か竹刀だろう。置きっぱなしにすべき物ではない。

櫻井は起きあがった。ふたたび走りだす。だいぶ夜目がきくようになった。木々がうっすらと浮かんで見える。洋館を迂回し門へ急いだ。赤い上着のイギリス歩兵が、足音をききつけたらしく振りかえる。アイアムアジャパニーズ、櫻井はそう怒鳴った。

門をでて右に折れる。南へと走った。道沿いに兵士が溢れている。百人近いだろうか。欧米列強十ヵ国の軍服が入り乱れ、眼下の川へと銃撃しつづける。日本の愛宕陸戦隊もあちこちで見かけた。煙が一帯に立ちこめている。一斉射撃の銃声は鼓膜が破れるかと思えるほどだった。銃火がひっきりなしに閃《ひらめ》く。

濠のように約十メートルの谷底にある川に、二十人ほどが乗れる屋根つきの木船が二艘乗りつけていた。もっとも実際にはより大勢が乗りこんでいるらしい。次から次へと紅巾が繰りだし、階段を駆けあがってくる。河川敷を駆けてくる紅巾の群れも加わる。本来は闇に紛れての奇襲だったのだろうが、イギリス兵のしわざだろう、すでに火のついた松明が何本も河川敷に投げこまれていた。おかげで川辺は明るくなっている。兵士たちは容赦なく義和団を狙い撃ちした。それでも紅巾たちの動きは素早く、階段を一気に駆けあがってくる。銃撃はぎりぎりのところで敵の侵入を食いとめていた。

もっと味方が増援すれば、短時間で敵を殲滅《せんめつ》できるだろうが、それは無理にちがいない。所定の配置についている兵士らが持ち場を離れれば、そこの防御が手薄になる。特に防壁で警戒にあたっている兵士は減らせない。隙を見せれば義和団が雪崩《なだ》れこんでしまう。

船から飛びだしてくる紅巾たちはなぜか、大きな樽《たる》を肩の上に担いでいた。無防備なその男を護衛するかのように、河川敷を駆けてきた刀や槍の戦力が前後につく。階段を登りかけた紅巾が銃撃を受け、樽ごと転げ落ちた。男の手を離れた樽が転がりつづけ、河川敷に横たわる松明にぶつかった。松明の火が樽に燃え移る。

ふいに目も眩《くら》む閃光が走り、視界が真っ赤に染まった。地響きとともに火球が膨れあがり、巨大な火柱となって立ちのぼる。肌を焼くような熱風が押し寄せてきた。兵士たちが手すりに身を潜める。夜空に舞いあがった火の粉が降ってきた。

銃声がやんだ。耳鳴りの向こうで、フランス語の怒鳴り声がきこえる。「爆薬だ。断じて上がらせるな」

たちまち銃撃が再開された。櫻井もイタリア兵の隣りで身を乗りだし、谷底に発砲した。狙うべき敵が定義された。樽を持った紅巾に階段を登らせてはならない。銃撃がつづくうち、河川敷の樽がふたたび爆発した。オレンジいろの炎が噴きあがり、土手を焦がす。付近の手すりにいた兵士たちが退避した。

樽ばかりを狙い撃ちにしているせいか、武器を手にした紅巾が銃弾の雨をかいくぐり、路上にまで達するようになった。兵士たちが必死に追いまわし銃で仕留める。混乱が拡大するにつれ流れ弾の恐怖も生じてくる。さらに銃撃が長引けば、貴重な弾薬を浪費してしまう。櫻井は路上を見まわした。イギリス兵が推車《トイチョ》に載せた松明を運んでくるのが見えた。

推車に群がったイギリス兵たちは、松明をつかみとると船に向け投げ始めた。船を燃やすつもりらしい。だが届かず手前に落ちてばかりいる。

櫻井は撃ちつくす前に弾を補充した。欠点だらけの村田連発銃だが、途中で弾を追加できるのは有難い。

ふと推車が気になり振りかえる。松明の残りはごくわずかしかない。

ところがそのとき、日本陸軍の軍服が推車に駆け寄った。池澤軍曹だった。銃を持っていない。代わりに松明をひったくると、階段の下り口に向かって駆けだした。吉崎と愛宕陸戦隊の芦屋砲術長が池澤の前後についた。ふたりの護衛とともに階段を下りる気らしい。

西欧人のどよめきが銃声の合間にきこえた。信じられないというような、裏がえった発声ばかりだった。正気を疑いたがっている反応だが、櫻井にはむしろ有効なやり方に思えた。安全圏から銃撃するばかりでは弾がいくらあっても足りない。物量には限りがある。あの攻撃隊に加わる命令を受けたなら、自分も躊躇しなかったろう。

池澤らがどこに活路を見いだしたのか理解できる。銃を持たない義和団の力は頭数だった。巨大な群れとなり殺到することで近代兵器に打ち勝とうとしている。しかし幅の狭い河川敷では、義和団も一列にならざるをえない。数にものをいわせ池澤らを取り囲む戦術にはでられない。

安藤大尉の声が響いてくる。「池澤軍曹を援護！」

櫻井は手すりから身を乗りだした。池澤ら三人はすでに階段を下りかけている。進路を塞ぐ紅巾たちを狙い発砲した。味方の銃弾に当たるかもしれない、決死の突撃にちがいない。それでも池澤はひるむようすもなく前進しつづける。大柄な吉崎が銃剣で紅巾と渡りあっている。櫻井はまた八発を撃ちつくした。先頭の吉崎が階段を下りきらないうちに、池澤は河川敷に飛び降りた。紅巾らが駆け寄ってくる前に、池澤は助走をつけ松明を放り投げた。放物線を描いて飛んだ松明が、二艘のうち後ろの船、その屋根に落下した。池澤が身を翻し退却する。吉崎や芦屋も同様だった。

火が燃え広がるにつれ、辺りが明るくなっていった。炎が屋根をなめつくしたと思ったそのとき、強烈な光が閃き、船体が轟音とともに砕けた。爆発により木片が飛び散り路上に降り注いできた。一帯が真っ赤に染まり、次いで黒煙が視界を覆い尽くす。焦げ臭いにおいが充満した。

櫻井は両手で耳を覆ったが、地鳴りが突きあげる震動を伴い、縦揺れが襲ってきた。爆風もすさまじい。並木が傾いた。その枝葉にも火の粉が降りかかり、幹にまで延焼しつつある。

爆発は予測できたとして、あの炎は尋常ではない。油のにおいも充満している。火薬だけでなく石油を大量に積んでいたのか。

銃声が途絶えていた。櫻井は谷底を見下ろした。濃い煙の向こうに目を凝らす。船は二艘とも消し飛び、わずかな残骸を川面に浮かべるのみになっていた。背中が燃えあがった紅巾が溺れている。だが河川敷の紅巾の群れは助けようともせず、いっせいに逃走を始めた。

ひとりも居残らせまいとする威嚇射撃が断続的につづく。谷底に死体以外の紅巾が見えなくなると、兵士たちに歓声があがった。

櫻井はため息をつき、その場にしゃがみこんだ。手すりに背をもたせかける。

額が汗でびっしょりと濡《ぬ》れている。制帽をずらして拭った。まだ呼吸が荒い。脈も波打ったままだった。

戦争を初めて経験した。いや果たしてそうだろうか。敵は槍と刀の暴徒だった。数は多くても軍隊とは呼べない。闇に覆われたのは計算外だったが、敵襲に気づいてからは、谷底を上から狙撃できた。十一ヵ国の連合軍はあらゆる面で有利だった。

少しずつ落ち着きを取り戻した。櫻井は立ちあがった。階段の下り口近くに愛宕陸戦隊が集合し、さかんに沸いていた。

輪のなかに吉崎がいた。目が合うと、吉崎が池澤にいった。「櫻井がいました」

池澤が陸戦隊の輪から抜けだしてきた。「無事だったか。柴中佐は？」

「イギリス公使館です」自分の声がくぐもってきこえる。まだ周りの音が聞きとりにくい。櫻井は声を張りあげた。「池澤軍曹、お見事でした。吉崎も」

吉崎はにやりとしたが、池澤は険しい表情のままだった。苛立ちをのぞかせながら池澤がいった。「いまの戦闘に参加した西欧の兵士はみな、手持ちの弾を半分使ってしまっただろう。たった一回の守備に銃撃が長引きすぎだ」

「戦術の意思統一が必要ですね」櫻井はいった。

西欧列強の軍隊は、物量にうったえる戦法に終始していた。防御が主体の戦いでは、弾薬を節約したうえで、より早く決着をつけねばならない。日本陸軍で叩きこまれた戦術からすれば、少人数での突撃は理にかなっていた。西洋人にはそれが理解できなかったようだ。

ふとかすかな声をきいた。英語だ。届く声量は微妙でも、怒鳴っているようだった。イントゥルーダー、そうきこえた。

侵入者。櫻井は愕然として駆けだした。兵士たちの狭間を縫うように走り、イギリス公使館の門へ飛びこんだ。庭園を駆け抜ける。息が弾んだ。

まだ紅巾が残っているのか。当初の闇に紛れて入りこんだ露払いどもを一掃しきれていない、侵入者とはそういう意味だろう。

ランタンがあちこちに行き渡ったからか、洋館の外観が薄明るく浮かびあがっていた。玄関ホールへと駆けこむ。

ホール内は蠟燭の光がおもな照明だった。当然、隅々まで照らしきれてはいない。ほの暗い視野のなか、光源の近くに寄り添う人の顔だけがぼんやりと浮かぶ。義勇兵が集合していた。医療班の面々も見える。中川夫妻と小川フミ子が、緊張の面持ちでたたずむ。ラナ・リウッツィの姿はなぜか見当たらなかった。

誰もが固唾を吞んでこちらを見つめている。ソファでは章子が半身を起こしていた。ひどく不安げな表情だった。

二階を駆けていく靴音がする。英語の怒鳴り声がきこえてきた。こっちにはいません。反対側を捜せ。

西郡が拳銃を手に近づいてきた。「櫻井伍長。さっきイギリス兵が一階を調べていきました。紅巾がひとりだけ生き延びてて、奥へ逃げこんだらしくて」

「自分も二階へ行きます」櫻井は階段へ向かおうとした。

そのとき突然、悲鳴があがった。櫻井ははっとして振りかえった。

医療班のもとで、ひとりの紅巾が大きく伸びあがりながら跳躍した。マントルピースからテーブルへと飛び移り、両手の短い刀を振りかざす。ソファにいる章子に視線を向けた。章子は目を瞠って凍りついている。

紅巾が軽快な足の動きで前後左右と動きまわる。宙を切る刀の動きも異様なほど滑らかだった。梅花拳かもしれない。

櫻井は銃をかまえた。思わず息を呑んだ。撃ちつくしたまま補充していない。西郡が躍りでて拳銃を発砲した。玄関ホールの静寂のなかでは、拳銃の銃声も轟音に等しかった。夫人たちは悲鳴をあげたものの、ソファにいる章子を気遣ってか逃げようとしない。紅巾は猿のように飛びまわり銃撃を回避しつづけた。三発撃って銃声が途絶えた。西郡があわてた反応をしめしている。彼も撃ちつくしたらしい。紅巾は章子から目を離さなかった。じりじりと歩み寄っていく。章子がすくみあがった。

まずい。櫻井は銃剣をかまえ突進した。しかし一瞬早く紅巾が跳躍した。

章子に飛びかかろうとしている。間に合わない。

そのとき、闇のなかを駆けてきた人影が紅巾に迫った。振りあげた日本刀が微光を帯びた。

柴中佐だった。刀を下段にかまえ、章子をかばうように紅巾とのあいだに割って入る。近すぎる、櫻井は慄然とした。だが柴は右足を引き、敵の太刀裏を右鎬《みぎしのぎ》で受け流した。間髪をいれず、左足を踏みこんで斜めに斬りあげた。

肉を断つ音が鈍く響き、紅巾は絶叫とともに鮮血をぶちまけた。赤い噴水が章子や医療班に激しく降り注いだ。紅巾は口をぽっかりと開け、隙間風のような音を発すると、その場に崩れ落ちた。投げだされた刀が金属音を響かせる。床に血の池がひろがっていく。

章子は全身、真っ赤な返り血にまみれていた。目を瞠ったまま愕然とし、ぴくりとも動かない。

異様な静けさがホールを包んでいた。柴はしばし章子を見つめていた。軽く日本刀を振ると、ゆっくりと外へと立ち去った。

まだ目の焦点すらさだまらない章子に、キヨ子やフミ子が気遣いをしめす。ふたりともどう接すればいいのかわからず、戸惑っているようだった。

櫻井は冷めやらない衝撃とともに、柴の後ろ姿を見送った。

見たこともない太刀筋。御留流《おとめりゅう》だった会津藩の一刀流溝口《みぞぐち》派だろうか。

イギリス、イタリア、オーストリア＝ハンガリーの兵士に、軽傷が五名でた。幸いそれらが人的被害のすべてだった。翌日になっても防衛計画に見直しはなかった。義和団の侵入を許したのはイギリス公使館の突然の消灯が原因だと、誰もが理解しているようだった。イギリス公使館は夜間をランタンと蠟燭で過ごす方針に切り替えたらしい。むろん送電が途絶えている以上、ほかに選択肢はない。

翌日、櫻井は防壁と東交民巷内の警備に従事した。まめに動く日本の軍人らが、いまや防衛の中核を担っているのはたしかだった。実際、櫻井も他国の兵士から話しかけられることが多くなった。

スペインのドゥロンという少尉がとりわけ熱心だった。並木道で配給の列を警備しているとき、ドゥロンはたどたどしい英語でたずねてきた。「日本人だけ列の消化が馬鹿に早いが、ひとりあたりの時間制限でも課してるのか？」

19

「まさか」櫻井は苦笑してみせた。「みんな後ろに配慮して早く済まそうとしてるんです」

「自発的にか。気配りがあるな。アメリカの列なんか見てみろ、まるで動かない。あいつらは待ちたきゃ待つ、その気がなければ待たない。身勝手な単純思考だ」

「配給の少なさに対し抗議する自主性は、立派といえるかもしれません」

「こんな状況下じゃ迷惑だよ。配給を受けとった日本人は、いろんな言葉を口にしてるな。ただの礼とはちがうようだ」

櫻井は列の先に耳をすましたが、首を横に振るしかなかった。「いえ。ただの礼です。言葉が豊富なんです。ありがとう、すみません、恐れいります、助かりました、お世話になりました、ご馳走さまです、お疲れさまでした。そんなぐあいです」

「やたら感謝の言葉があるんだな。俺たちならグラシアスのひとことで済ませる。英米もサンキューだけだろう」

「ひとことのほうがわかりやすいですよね」

ドゥロンが妙な顔になった。「なんでそんなことをいう？　自分の国の言葉が嫌いなのか？」

櫻井は軽く当惑した。発言に深い意味などない。「そういうわけでは……」

「ああ。それもきみらの謙虚さの表れか。感謝の言葉の多さと同じだな。自国にやたら否定的な物言いをする日本人が多いと思ったが、そう考えれば納得がいく」ドゥロンはうなずきながら立ち去っていった。

逆にいままでは、謙遜の言葉が額面通り受けとられていたのだろうか。外国人との意思の疎通は難しい、櫻井はあらためてそう思った。微妙な解釈のちがいが摩擦につながりかねない。

とはいえ、不眠不休で不平もいわず動きまわる日本人に、西欧人が畏敬の念を抱いているのは事実のようだった。陸軍のしごきを経験した櫻井には、当然の行動という感覚があった。たとえ上官の厳しい教えがなくても、時間を浪費する習慣は日本人にはない。五分以内にやるといったらかならずやる。非番のときには掃除や武器の手入れをする。

もっともほんの二ヵ月前、櫻井は北京のカフェで油を売っていた。いまはもう息抜きをする気になれない。東交民巷を守りきれなかったら杉山の魂も浮かばれない。鉄道の警備で命を散らした陸軍兵士らの想いにも報いたい。

鉄道といえば、援軍が到着する気配はいまだない。愛宕陸戦隊は交替で市民に扮《ふん》し、市街地の偵察へ繰りだしているようだ。報告によれば、北京はもう義和団と甘軍だらけらしい。郊外にあった西欧人専用の競馬場が襲撃に遭い、スタンドが全焼していることがわかった。通州では新城南門の教会が焼き討ちに遭った。いずれも被害に遭ったのは三日も前のことだという。帝都の警備が甘軍に交替した日だった。正規軍はあきらかに義和団の蛮行を放置している。

ただし蛮行と呼ぶべき行為は、義和団の側に限らなかった。御河襲撃を撃退後、瀕《ひん》死《し》の紅巾がひとり見つかったらしい。ドイツ軍はその紅巾を公使館に連れ帰り拷問したようだ。公使館の裏、城壁の向こうに走る街路から見えるように、屋上で棒叩きの刑に処したという。ドイツの駐在武官は当惑ぎみだった。公使であるクレメンス・フォン＝ケットレル男爵の指示だという。各国公使が自粛するよう申しいれたものの、捕虜はすでに死んだ、ケットレルからはそんな返事があったのみだった。

御河襲撃の三日後、六月十四日の昼下がり、櫻井は吉崎とともにロシア公使館へ呼びだされた。柴中佐と守田大尉も駆けつけた。ようやく例の件について、ロシア側の回答が得られるらしい。

広大な敷地には本館のほか、平屋建ての兵舎が存在した。その兵舎の前で待つよう指示があった。

ロシアの下士や兵らが遠巻きに囲んでいた。ラヴロフ一等兵曹が櫻井を睨みつけると、つかつかと歩み寄ってきた。

　顔をくっつけんばかりにして、ラヴロフがロシア語でささやいてきた。「いまどき《ウヴァスダ》チューブ式弾倉なんかで戦争になると思ってやがるのか。穴居人《シフポールマガジーンポッドストヴォーラムヴィピエシエールニキ》」

　ロシア語がわからないと思っているのだろう。櫻井は冷やかに応じた。「どれだけ《プースチダージ》新しい武器だろうと、武器自体は戦わない。戦うのは人間だと思ったが、ちがうのか《エアルージエイニエノーヴァエノスラジャーユッツァリユージアニエアルージエ》」

「この東交民巷の防御はな、俺たちロシアだけで充分手が足りてる《トウートドウリヤーザシーティブージエットイナスダスタータチナ》。北京もいずれ俺たちのもんだ。さっさとちっぽけな島国に帰れ、日本人」

「土地はあっても寒くて南下したくてしようがないか。渡り鳥並みの単純思考だな」

　ラヴロフの目がぎょろりと剝いた。犬が憤りを溜めこんだように歯軋りし唸った。

　獣じみた男だと櫻井は思った。

　しかし靴音が近づいてきたとき、ラヴロフは表情を硬くして引きさがった。

　ロシア公使メンジンスキーと、駐在武官のルキャネンコ中佐が姿を見せた。いずれも櫻井はけさ柴から名前を教えてもらった。アガフォノワ大尉も同行している。

　三人とも仏頂面だった。メンジンスキーがフランス語で柴にいった。「断っておく。イギリス公使からの勧告に従うことにしたのは、われわれの意思だ。きみがいまや防衛計画の指揮官なのは知っているし、日本軍が過剰なほどの働きぶりで英米に取りいり、ここの実権を奪おうとしているのも承知済みだ。しかしわれわれの判断は、それらとまったく関係がない」

柴は冷静な表情のままだった。「部下の働きが過剰とは思いませんが」

「昼も夜も防壁の手前に立ってる。ききたいんだが、そんなに危険かね？」

「安全な籠城などありません」

メンジンスキーは絶句する反応をしめしたが、それ以上はなにもいわなかった。

ルキャネンコ中佐が進みでた。「柴中佐。私のほうも、部下に不祥事があったとは考えない。わが軍の軍服を目撃したという話も信用していない。しかし指摘を受け、該当すると思える一名を絞りこんだ。軍規に違反した疑いはたしかにある。ただし日本公使館書記生の死とは無関係だ」

柴は表情を変えなかった。「引き合わせてもらえるとうかがっております」

沈黙が生じた。ルキャネンコはわきへどいた。「アガフォノワ大尉。通せ」

アガフォノワが渋々といったようすでうなずいた。「こちらへどうぞ」

彼の先導で一行は兵舎のなかへ入った。贅沢な設備だと櫻井は思った。広々とした空間に数十ものベッドが並んでいる。いまはがら空きだった。ただひとり中央付近のベッドに、ぽつんと座る男がいる。軍服の上着を脱いでいた。栗いろの髪で色白、鷲鼻の痩せこけた顔、小柄で痩身。年齢は二十歳そこそこに見える。びくついた態度をしめしていた。

一行がベッドを取り囲んだ。公使や駐在武官、士官らが現れたというのに、男は立ちあがろうとしなかった。立てという命令も特にない。上官の前で座りっぱなしでも許されるのだろうか。あるいは事前に、立つなと指示されているのか。国がちがえば常識もちがう。櫻井には理解できなかった。

男は臆したようすで周りを見まわしている。完全に腰が引けているようだった。

吉崎が櫻井の耳もとでささやいた。「どう思う？」

櫻井のなかで戸惑いが深まった。似ているとは思う。華奢な体型だし、上着を羽織ればだぶつきそうだった。しかしあのとき顔はよく見なかった。絶対にこの男だったと断定はできない。

守田が櫻井を見つめてきた。櫻井は無言のうちに問いかけた。しかし守田も、険しい表情で首を横に振った。やはり確信は持てないらしい。

アガフォノワ大尉が書類を片手に読みあげた。「クレメンティ・ナフカ、海軍二等卒、二十一歳。ビラルースィヤで徴兵」

櫻井はナフカ二等卒を見つめた。ナフカの青い目は絶えず泳いでいる。ひどく弱腰に思えた。体格のいいロシア兵のなかでは、確実に浮いて見える。

戸惑いがよぎる。櫻井はアガフォノワにきいた。「ほかに彼のような特徴の兵卒はいないんですか。栗いろの髪で、ほっそりしてて」

「いない」アガフォノワはしかめっ面で応じた。「ごく稀に、こいつのように頼りない新兵が入ってくる。わが軍では本人が志願すれば、その意思を尊重する」

「尊重？」櫻井はナフカに目を戻した。「本当に志願したんですか」

ナフカは口ごもったものの、なにかをいいかけた。

間髪をいれずアガフォノワが声高に遮った。「軍艦を動かすには人手がいる。配置によってはガリ痩せでも有効だ」

ロシア軍も深刻な人手不足か。櫻井は醒めた気分でいった。「命令に従順なだけの素朴な青年のようですが。自分の意思を持たず、誰かの命令に従っただけの可能性もありますね」

アガフォノワが尖った目で見つめてきた。身をかがめると、ナフカ二等卒のベッドの下から革製のバッグを引っぱりだした。「この二等卒に疑わしい点がまったくないなら、そもそもイギリス公使の勧告になど従ってはいない」

ベッドの上に投げだされたバッグは、上部が開いていた。光緒元寶《こうしょげんぽう》の兌換《だかん》紙幣が束になっている。札束はひとつやふたつではない、バッグにぎっしりと詰まっていた。清国の通貨だった。

柴がバッグのなかに手を伸ばした。札束とは別に一冊の本が取りだされた。ロシア語の表紙、マルクスの『資本論』だった。表紙が開かれる。折り返しに署名があった。ウラジーミル・イリイチ・レーニンと読める。

「レーニン？」柴がつぶやいた。

メンジンスキー公使が苦々しげにいった。「本国に問い合わせた。現在三十歳、マルクス主義運動家で何度も投獄されている。警察が危険分子として警戒している男だ。三年前にシベリアへ流刑になった」

柴が軽い口調でいった。「これらを見るかぎり、ナフカ二等卒はレーニンという男の信奉者で、清へ亡命を画策していたと考えられますな」

「ナフカは貧しい農民出身者にすぎん。両親を亡くし、兄弟とも離ればなれだ。清国の金などどうやって集める？」

柴が応じた。「なにか依頼を受け、それを実行した報酬かも」

「清の金なんかもらったところで、一介の二等卒に亡命が可能と思うか」

「そのための札束でしょう。官兵から役人まで賄賂で動くのが清国です」

メンジンスキーが口を固く結び、ナフカを見下ろした。

上官らに黙って睨みつけられ、ナフカはおろおろと弁明しだした。「僕はなにも知りません。そのバッグも、僕のじゃなくて」

アガフォノワがナフカに詰問した。「では誰のバッグだ?」

「わかりません」ナフカが首を横に振った。「見たことありません」

ルキャネンコ中佐が柴にいった。「ほかの兵士たちに尋ねても、ナフカがこのバッグを持っていたという確証が得られなかった。進軍してきたときも、彼がこれを持っていたとの証言はない」

ここへ着いてから入手した可能性もある。だが櫻井のなかに疑念が湧いた。そんな重要な物を兵舎のベッド下に隠すだろうか。いや二等卒の立場では、ほかに隠し場所はないかもしれない。まして閉鎖された東交民巷のなかだ。

櫻井はナフカにきいた。「ロシア語以外の外国語は喋れる?」

ナフカが戸惑いのいろを深めた。「喋れません。外国にでたのも今回が初めてで」

なら杉山と会話できただろうか。公使館職員によれば杉山はロシア語を話せないはずだった。

柴がしゃがみこんでナフカの顔をじっと見つめた。穏やかな口調でつぶやく。「ビラルースィヤ出身か。農民ばかりの田舎だな」

メンジンスキーがむっとしていった。「どういう意味かね」

意味ならはっきりしている。櫻井はそう思った。ロシアは辺境にある帝国支配下の領土から、貧困層の若者ばかりを徴兵するときく。帝国への揺るぎない忠誠心の持ち主とはかぎらない。

革命運動家の信奉者にして亡命希望者、そうなる下地はありそうにも思える。しかしナフカ自身は否定していた。事実、こんな気弱な青年に大それた真似《まね》が可能だろうか。

メンジンスキーが柴に抗議した。「わが軍の採用人事を軽視し侮辱するのは慎んでいただきたい。そもそも誤解に基づいている。広い国土の防衛において、地方出身の軍人は……」

突然、ナフカに異変が生じた。胸もとを掻きむしり、口を大きく開け苦しげにむせだした。

取り巻きのロシア兵のなかから、高齢の軍服が駆けだしてきた。黒縁眼鏡に髭面の男は、あわてたようにナフカの前にひざまずいた。医療カバンを携えている。

アガフォノワ大尉が柴にいった。「軍医のシャポヴァロフ少佐です。聖ゲオルギイ勲章を受章した名医で……」

シャポヴァロフは怒りのいろとともに振りかえった。「彼には神経症の症状がみられるんです。汽車のなかでも極度の緊張により呼吸困難に陥りました。心配していたところです。よりによって大物ばかりが押しかけたのでは、畏縮して当然でしょう」

ルキャネンコ中佐が眉をひそめた。「本国へ送還したほうがよくないか」

アガフォノワ大尉は渋い表情になった。首を横に振っていった。「雑務も嫌がらずにやる男です。艦内では相応の役割に就いているし、陸戦でも細かい仕事を手伝わせるのに向いてます」

メンジンスキーがため息をついた。「どっちにしても、いまさら東交民巷の外へはだせんだろう。濡《ぬ》れ衣《ぎぬ》なら義和団に殺される。万が一、亡命の意思が本当なら、まんまと敵陣に逃げおおせる」

シャポヴァロフが顔をしかめた。「この青年にそんなことができると思いますか。どうかお静かに頼みます」

メンジンスキーらは困惑顔で押し黙った。シャポヴァロフがナフカに向き直り、ゆっくり呼吸するよううながす。ナフカは少しずつ落ち着きを取り戻していった。

柴が唸って櫻井を見つめてきた。櫻井も戸惑いながら見かえした。守田や吉崎も当惑のいろを浮かべている。

気が弱く神経症だからといって、革命運動家の信奉者でないとか亡命の意思がないとか、断定はできない。杉山に海軍の暗号電文を渡したのは、本当にナフカだったのだろうか。あのとき駆け寄ってでも素性をたしかめるべきだった。悔やんでも悔やみきれない。

ルキャネンコが柴を見つめた。「イギリス公使の勧告に従い、該当する兵に引きあわせた。だがナフカ二等卒の処遇については、われわれが決める」

柴が不服そうに応じた。「十一ヵ国の公使のもと、詳細に身の上を調査すべきでしょう」

メンジンスキーが噛みついた。「われわれの問題だ。彼自身は否定しているうえ、バッグもほかの誰かが置いた可能性がある。敵の内通者と決めつける証拠はないのだから、現状われわれの方針として……」

ふいに銃声が響いた。それも複数の銃が連射している。

守田が柴にささやいた。「ルベルですか」

「もっと重い音だ」柴が硬い顔でいった。「ゲヴェーアだな。ドイツ公使館だ。急げ」

櫻井は村田連発銃をかまえ駆けだした。守田や吉崎も外へと飛びだした。ロシアの兵士たちが後方についてくる。広々としたロシア公使館の敷地を門へと走った。並木道を東へ走る。前方に敵は見えない。南御河橋を渡ったとき、愛宕陸戦隊が何人か合流した。揃って日本公使館の斜め向かい、ドイツ公使館へと疾走する。

銃声は大きく響いていたが、ふいに途絶えた。辺りは急に静かになった。ドイツ公使館の門に達したが、警備兵が見当たらなかった。戦闘の加勢に向かったのだろうか。

櫻井は歩を緩めた。柴が駆けてきた。ついて来い、柴がそう指示し突入した。櫻井らは後につづいた。ロシア兵たちは権限がないと感じたのか、門をくぐろうとはしなかった。

開放された玄関に踏みこむ。バロック調建築の館内で、職員や婦人らがあちこちに伏せていた。だが銃撃があった形跡はみられなかった。銃声に驚き身を守ろうとしたのだろう。階段を駆け登り二階に着いた。だが柴はさらに上を目指している。櫻井は柴の背を追った。

屋上へでた。並木道とは逆側、南の手すり沿いに、十人近くのドイツ兵らがいた。指揮官らしき者の姿はない。駐在武官もいなかった。代わりにフォン＝ケットレル公使が革製の事務カバンを携え、澄まし顔で立っている。まるで駅で汽車を待つような態度だった。

柴がケットレルにきいた。「なにがあったんですか」

ケットレルは無言のまま、南側に集う兵士たちを眺めた。

櫻井は妙に思い、南の手すりへと駆け寄った。眼下に目を向けたとき、思わず言葉を失った。

ドイツ公使館の南側は、崇文門と正陽門のあいだに延びる城壁に守られている。屋上からはその城壁越しに、南の市街地が眺め渡せる。

ほぼ真下の街路に、紅巾の死体が二十ほど横たわっていた。武具が投げだされ、血の池が路面にひろがっている。

紅巾の群れは道の左右と、丁字路の奥へ退避していた。みな遠目にこちらを眺めている。

柴も道路を見下ろし、表情を険しくした。ケットレルを振りかえりフランス語できいた。「なにがあったんですか」

ケットレルもフランス語で応じた。「屋上へ立ち寄ったところ、義和団が妙な動きをしていた。だから銃撃を命じた。それだけだ」

「妙な動きですって？　どんな？」

「剣や槍を振りまわしたり、おかしな声で叫んだりだ」

「それはいつものことでしょう。義和団にこの城壁が登れるとは思えません」

「梯子を持ってこないとも限らんだろう。イギリス公使館に火薬と石油を持ちこみ、破壊を試みた連中だぞ」

「登ろうとする動きを認めてから銃撃すればいいでしょう。なんのために見張りを置いているんですか」

「奴らを撃退するためだ」ケットレルは携えていたカバンを開け、分厚い紙の束を取りだした。「きみらはこれを分析してないのか。奴らが本質的に野蛮なのはあきらかだ」

木版印刷もしくは手書きの漢字がびっしりと埋め尽くしている。櫻井が杉山と翻訳に取り組んだ瓦版。六ヵ国の協力で収集された、義和団がらみの記事だった。

柴がケットレルにいった。「真実は目で見なければわかりません」

「これが真実だ」ケットレルは瓦版の束を振りかざした。「奴らの残虐行為が余すところなく伝えられている。それも誇らしげにな。この国の連中は、われわれとはちがう。皮膚は黄いろ、目が吊りあがり、男は辮髪で女は纏足《てんそく》。文字を右から左へ読み、喪に服すときには黒でなく白を纏《まと》う。西洋の神も知らず、教えも受けいれようとしない」

「公使。異質なものへの恐れは、ただの先入観です。ふたつほどわれわれにも該当しますが、彼らと日本人の区別がついておいでですか」

ケットレルは押し黙り、憤然としながら瓦版をカバンにねじこんだ。

櫻井はふと気になった。記憶にない瓦版の記事があった。数枚にすぎないが、目にしたことのない書面だった。ただし記事の内容までは読みとれなかった。ケットレルはカバンを閉じると、階段の下り口へ消えていった。

柴が無言でたたずんだ。吉崎や愛宕陸戦隊の面々は途方に暮れている。ドイツ兵らも例外ではなかった。表情に後ろめたさがうかがえる。

また銃声がきこえてきた。今度は北だった。櫻井は並木道側の手すりへと駆け寄った。

眼下を日本の兵士たちが駆けていく。池澤の姿もあった。柴が櫻井の横に並び、地上へ声を張った。「なにかあったのか？」

池澤が足をとめ見上げてきた。大声で怒鳴りかえしてくる。「イタリア軍が建物の上から、防壁の向こうの義和団に発砲したようです」

「義和団から攻撃を受けたのか」

「わかりません。ただここから見るかぎり、正面の防壁は破られていないようです。ほかの防壁も確認に向かいます」

池澤らが走り去った。柴は鋭いまなざしで遠方を見つめ、かすかに唸った。

防壁を破られたとは思えない。紅巾らが侵入したのなら銃撃音が絶えないはずだ。イタリア軍もここと同じく、東交民巷の外にいる義和団に先制して発砲したのだろう。

守田が声をかけた。「柴中佐殿」

柴は振りかえることなくいった。「行け」

すぐさま守田が反応した。階段へ駆けこみながら怒鳴った。「つづけ!」

愛宕陸戦隊が守田を追っていく。吉崎が歩み寄ってきて、櫻井をうながした。

櫻井はどうしても柴に伝えておきたいことがあった。「いまの瓦版ですが、見かけない物が含まれていました」

柴が厳しいまなざしを向けてきた。「守田大尉の命令がきこえなかったか」

「はい」櫻井はあわてて直立不動の姿勢をとった。「失礼しました」

櫻井が動きだしたとき、大勢の唱和がきこえてきた。フーチンミェヤン。フーチンミェヤン。

南の街路には、まだ群衆が戻らない。銃撃を警戒し後退したままだ。だが声は響いてくる。以前よりも怨念の籠もった慟哭《どうこく》に近い。声ははるか遠くからも耳に届く。範囲はとてつもなく広い。

櫻井は階段を駆け下りた。援軍が到着する見こみもないまま、敵を殺し挑発した。今後どうなるかまるで予測がつかない。

20

仕事が増えた。ドイツとイタリアが義和団を挑発したせいだろう、櫻井はそう思った。

すべての防壁の十メートル手前に、第二の防壁を築くことになった。第一の防壁を義和団が破ろうとしているあいだにも、第二の防壁越しに銃撃できる。撤退は二段階となり、そのあいだより多くの敵を撃ち倒せる。

作業は日没前に終えねばならなかった。フランス公使館から家具を搬出しては防壁に積みあげる。全員で力を尽くした結果か、なんとか暗くなるまでに間にあった。東交民巷のすべての入り口に第二の防壁が築かれた。とはいえどれも第一の防壁よりは低い。使える家具類も減ってきているからだ。

積み方がいまひとつ不安定に思えた。櫻井は愛宕陸戦隊の面々とともに、家具を積んでは下ろし、試行錯誤を繰りかえした。

顔見知りのアメリカ人、マカヴォイ中尉が声をかけてきた。「ずいぶん徹底してるな」

櫻井は応じた。「崩れちゃ意味ないので」

「最善を期す精神には頭がさがる。大勢で協力しあうのも厭わないようだ」

「アメリカでも部隊の任務は共同作業でしょう」

「本来はな」マカヴォイは鼻で笑った。「だがひとりで結果をだしたがる奴が多いよ。そのほうが評価につながる。誰かとつるむと、ライフルの弾か非常食を盗まれやしないかとひやひやする」

「冗談でしょう」

「半分本気だよ。物を盗まれたら、盗んだ人間が必要としていたのだと思えって、牧師さんがいってた。きみらにそんな感覚はないのか」

「ちょっと理解しがたいですね。そこまで泥棒が身近にいる気はしません」

「日本人社会の秩序は立派だと思うが、ここは特殊な環境だ。油断していると命取りかもしれんぞ」

イギリスの大尉がマカヴォイを呼んだ。マカヴォイは櫻井のもとから立ち去っていった。

櫻井は黙々と家具類を積みつづけた。マカヴォイの主張は極論だったが一理ある。たしかに他者の道徳観を信じすぎるのは危険かもしれない。もし内通者がナフカでなければ、どの国籍の人間か想像もつかなかった。

藍いろを残す空が漆黒の闇に転じた。また夜になった。池澤軍曹が近づいてきて指示した。「櫻井。植村章子さんのようすを見てこい」

「はい」櫻井は作業を離れ、ひとりイギリス公使館へ向かった。

玄関ホールを入ると医療班に歩み寄った。御河襲撃時に負傷した外国兵五人も、入院の必要はなかったのか、ひとりも居残っていない。一方でソファに章子の姿もなかった。

小川フミ子が拭き掃除をしながらいった。「中川先生が千代さんの往診に行ってね。章子さんも部屋へ戻るって。お父様と一緒にいたほうが安心でしょうし」

中川夫人のキヨ子も微笑した。「あんな話をしたから、日本にいる旦那さんを思いだしたんでしょうね。夫婦揃って外務省勤めだし、帰国したら幸せが待っていると信じられるんでしょう」

櫻井は聞き流していた。ホールの隅の動きが気になっていたからだ。

ラナ・リウッツィは医療器具を片付けている最中だった。その彼女にイタリアの軍服がしきりにつきまとっている。大柄だがしまりのない顔つきで、上着の前を開けている。七三分けの髪は伸びきっていた。イタリア兵はラナに話しかけては、執拗《しつよう》に身体に触れようとする。ラナはその手を振りほどいては逃げまわっていた。

イタリア兵が強引に抱きつきにかかった。ラナは動揺をしめし、もがいたあげく突き飛ばした。イタリア兵はよろめくほどではなかったが、ラナはかろうじて難を逃れた。

ラナは櫻井に目をとめ、逃げるように駆け寄ってきた。イタリア兵がむすっとして追ってくる。ラナは櫻井の背後にまわった。

櫻井はイタリア兵と対峙《たいじ》した。距離が詰まると、イタリア兵は見上げるほどの身の丈とわかった。無精ひげを生やし口臭もきつい。腫れぼったい目が櫻井を見下ろしてくる。

そのとき玄関をイギリス兵数人が入ってきた。イタリア兵の表情がこわばった。いざこざを悟られまいとするかのように後ずさる。ラナに未練がましい目を向けながら外へと消えていった。

ラナが心底ほっとしたようにため息をついた。

キヨ子がしかめっ面でいった。「あの人、暇さえあればここへ来て、ラナさんにちょっかいかけるのよ」

櫻井はきいた。「誰ですか」

するとラナが訛りのある日本語でいった。「グベッリーニ一等卒。援軍の人じゃなくて、前からイタリア公使館の衛兵なんです。女に暴力を振るうことで有名で、何度か謹慎処分を受けてるんですけど……」

「そんな人がずっと警備をつづけているんですか」

「女は立場が弱くて、軍人相手だと被害を訴える人も少なくて。結局いつも謹慎が解けしだい復帰してくるんです」

フミ子が嫌悪のいろを浮かべた。「こんな場所じゃ軍人の力が強くて、結局泣き寝入りよね。でも心配しないで。わたしたちが支えるから」

ラナの顔に翳《かげ》がさした。あきらめぎみに微笑を浮かべる。「ここへ来たのも、あの人がいるイタリア公使館から逃げるためだったんですけど……。駄目ですね。いまは東交民巷が世のなかのすべてだし。どこにも行けないし」

櫻井は穏やかにいった。「この状況が永遠につづくわけじゃありませんよ。援軍が来れば解放されます」

そうですか。ラナは視線を落としつぶやいた。「援軍が来るのが遅れたら、いろいろ大変になりますね。食料とか」

「ええ。でも飲み水はまだ蓄えがあるし、それ以外の生活用水は御河がありますから、なんとかなります」櫻井はラナにきいた。「測量が専門だそうですが、具体的にはどんなお仕事をなさってたんですか」

「イタリアが関わる建築現場の下見ばかりでした。二年前に北京へ来たんです」

「清国へ来ることになったきっかけはなんですか」

「辞令だったので……。父がエチオピアで亡くなったので、母や弟のためにも収入を得ないといけなくて」

フミ子がからかうようにいった。「ずいぶんあれこれ質問なさるのね」

するとキヨ子が鼻で笑った。「お人形さんみたいにきれいな西洋の子、軍人さんでも気になって当然でしょ」

櫻井は苦笑してみせた。「そういう意味じゃありません。ただ、そのう……」

口ごもったまま黙りこんだ。櫻井はラナを見つめた。ラナは戸惑いぎみに目を逸らしている。

彼女は志願してここの手伝いを買ってでた。公の命令を受けず、日本公使館の職員に接触してくる外国人には、やはり注意を怠るべきではない。

突然、轟音が一定の間隔で響いてきた。ホールの調度品を小刻みに揺らす。ラナが怯えた顔で天井を見あげた。

銃声か。いや速射が果てしなくつづいている。機関砲だ。

櫻井は階段を駆けあがった。二階に着いたとき、ドアからマクドナルド卿が駆けだしてきた。

マクドナルドはひきつった顔できいた。「なにがあったんだ?」

「まだわかりません。屋上へ行きましょう」櫻井はそういって階段を登った。

屋上へでた。風が強く吹きつける。北の監視所で兵士が双眼鏡をのぞきこんでいた。夜空の雲がほのかに赤く染まっている。黄昏《たそがれ》ではない。北東に火の手があがっていた。喧騒がきこえてくる。

櫻井は監視所に近づいた。市街地で建物のひとつが炎上している。距離は六百メートルていどか。激しく燃えさかっているのは教会の鐘塔に見える。

マクドナルドがたずねた。「東交民巷のなかか?」

「いえ」櫻井は首を横に振った。「ぎりぎり外れてます。あれは東長安街の向こうにある教会です。オーストリア＝ハンガリー公使館の斜め向かいですよ」

風がひときわ強く吹いた。マクドナルドも気になったらしい。旗を眺めていった。

「こっちに向かって吹いてる。北東の風だ。東交民巷に延焼する可能性がある」

櫻井は階段へ向かった。「現場へ行きます」

猛然と階段を駆け下りると、玄関ホールを突っ切った。ラナが茫然とたたずんでいるのを視界の端にとらえた。櫻井は庭園へと飛びだしていった。

川沿いをまっすぐ北へ向かいたいところだが、その先は防壁で塞がれている。北御河橋から迂回するしかなかった。あらゆる国の兵士が路上を走っている。東四牌楼大街の防壁には変化が見られない。しかし北東からは依然、機関砲の音がきこえてくる。

フランス公使館の角を折れ、街路を北上する。大勢の兵士らでごったがえしていた。オーストリア＝ハンガリー公使館の屋上で、砲火が閃いている。機関砲は屋上だった。俯角《ふかく》で砲撃している。砲口を公使館わきの路上へ向けているようだ。状況はまだはっきりしない。

第二の防壁に接近した。機関砲の音がけたたましく響く。兵士らがひしめきあって大混乱だった。櫻井が歩を緩めたとき、白いロシアの軍服が何人か追い越していった。櫻井はぎょっとした。ナフカ二等卒と目が合ったからだった。いや正確には、ナフカの目は絶えず泳いでいる。向こうが櫻井を認識したとは思えない。強引に出撃させられた戸惑いを感じさせる。

櫻井が茫然と見送ると、視界に入ってきたラヴロフが振りかえった。

ラヴロフは櫻井を睨みつけていった。「あいつは俺たちの仲間だ。邪魔するな」

返事を待つ素振りもなく、ラヴロフはナフカを追って防壁へ駆けていった。

近くからアガフォノワ大尉の声がきこえてきた。「きみらは彼を疑わしいと思うだろうが、われわれとしては、兵士をひとりでも遊ばせておくわけにはいかん。常に死ぬ気で戦わせる」

櫻井は振りかえった。アガフォノワの頑《かたく》なな表情が見つめてきた。

危険人物かもしれないナフカに銃を持たせるのか。ロシア軍のなかでも葛藤があったのだろう。よほど神経質になっているのか、日本の伍長にすら弁明したがる。櫻井は黙ってアガフォノワから離れ、防壁へと走りだした。

第二の防壁前に達した。各国の軍服が背を向け、防壁の隙間から向こうへ銃撃していた。吉崎と原大尉が確認できた。柴中佐も加わっていた。ほかの面々は別の防壁の守備にまわっているのだろう。

義和団が押し寄せ、第一防壁を破壊しつつあった。東長安街も紅巾に埋め尽くされている。さらにその向こうでは教会が炎上していた。風に吹かれ、火柱がこちらに傾きがちになる。第一防壁は延焼していた。紅巾らの衣服にも燃え移っているが、かまわず防壁に突撃してくる。機関砲の掃射を受け、薙《な》ぎ倒《たお》されてもなお、続々と新手が押し寄せる。

状況が飲みこめつつあった。義和団はイギリス公使館のときと同様、火薬や石油で東交民巷を焼き払いたがっている。しかし防御が固く侵入できないがゆえ、隣接する教会を燃やした。そのうち第一防壁に飛び火したため、好機ととらえ襲撃を開始した。追い風による延焼は、奴らの神が義和団に味方しているからとでも思ったのだろう。

第一防壁を越えてくる紅巾らを兵士らが銃撃する。敵も心得ているのかジグザグに走ってくる。至近距離であってもとにかく命中しづらい。第二防壁の間近にまで迫り、ようやく撃ち倒される紅巾もいた。

そのとき第一防壁の隅に、妙な動きをとらえた。防壁の下をくぐろうとしている。漢人の市民に似た服装だが、紅巾を結んでいない。どこかで見覚えがある。

櫻井ははっとした。あれは峰岡だ。へたに進入したのでは外国兵に撃たれる。迷いは生じなかった。櫻井は第二防壁のトランクを押しこんだ。向こう側へ落とす。開口部ができた。防壁の前方へと抜けだす。

吉崎の怒鳴り声がきこえる。「櫻井⁉　そこでなにしてる」

櫻井は片手をあげ、第一防壁へと駆けていった。原大尉の声も響いてきた。櫻井伍長を援護、そう怒鳴っている。外国兵には通じない命令にちがいない。

銃撃は背後から耳をかすめて飛ぶ。一瞬にして命を失うかもしれない、それでもためらっている場合ではなかった。峰岡は市民を装い偵察にでていた。この状況を突破して戻ろうとするからには、よほどの情報を得たのだろう。

いまや東交民巷のなかへ帰るのは至難の業のはずだ。ほかの防壁なら混乱もないが、そのぶん義和団の目を引く。混乱にまぎれて防壁を抜けようとするとは、まさに生か死かの一大博打《ばくち》だ。その挑戦を無駄にしてはならない。

第一防壁を突破した紅巾が突進してくる。櫻井は斜めに腰を落とすと、満身の力をこめ銃剣で斬撃した。血飛沫とともに悲鳴があがり、敵の姿が視界から消える。とどめを刺す暇はない。櫻井は猛然と走った。

ほどなく第一防壁の隅に達した。銃を持たない敵の前ゆえ可能な芸当だった。峰岡の腕をつかんで引っぱる。日本の軍服と一緒にいれば、とりあえず狙い撃ちされることはない。もうひとりの偵察要員、芦屋砲術長が防壁をくぐってきた。その後ろを紅巾も侵入してこようとする。櫻井は銃をかまえ、つづけざまに引き金を引いた。峰岡と芦屋に怒鳴った。行け。

峰岡は脚を負傷しているらしく、芦屋が肩を貸している。第二防壁へと向かうふたりに、櫻井はぴたりと背を寄せ、第一防壁を銃撃しつつ後退した。紅巾を巻いていないとはいえ櫻井が離れれば、ふたりとも撃たれてしまう危険がある。

ようやく第二防壁に達した。吉崎が開口部から峰岡を引っぱりこんだ。次いで芦屋がなかへ入る。櫻井も開口部に頭から飛びこんだ。第二防壁を通り抜けた。

櫻井は地面に転がり、すぐに起きあがった。偵察要員のふたりが倒れこんでいた。疲労困憊《ひろうこんぱい》といったようすだった。峰岡の片脚から血が溢れだしている。櫻井は建物の外壁に峰岡の背をもたせかけた。ズボンの膝下を破いて負傷箇所を露出させた。

峰岡が苦痛に顔を歪めながらいった。「おまえかよ」

「ええ、自分です」櫻井はふくらはぎからの出血を見つけ、布で押さえた。「よくここまで来られましたね」

「直前まで紅巾を巻いてたんだよ。いつほどくかが難題だった。早すぎれば連中に殺される。遅すぎれば味方に撃たれる」

「機関官だけにいい判断です」

「ほざけ」峰岡が歯を食いしばり唸った。激痛が襲ったようだ。

血がとまらない。櫻井は布を浮かせて怪我を観察した。なにか細い物が刺さっているようだ。皮膚の下まで食いこんでしまっている。抜くのは困難だった。

そのとき柴が近づいてきた。片膝をつき、峰岡の脚を眺める。上着のポケットをまさぐり、なにかを取りだした。清国の硬貨だった。寛永通宝に似ているがひとまわり大きい。真んなかの四角い穴も相応に大きかった。

柴は硬貨を峰岡の負傷箇所に這《は》わせ、強く押しつけた。峰岡が苦痛の叫びとともにのけぞった。だが硬貨の穴から、釘《くぎ》のような金属片の端が浮きだした。柴はそれを噛んで一気に引き抜いた。金属片の長さは五センチ以上あった。柴がそれを吐き捨てる。櫻井はただちに布を広げ、対角線に沿って畳んで包帯をつくり、峰岡の負傷箇所を縛った。

櫻井は柴にいった。「勉強になりました」

柴が穏やかにつぶやいた。「子供のころ寛永通宝が役立った。木造家屋で鉄砲を撃たれると、木片が飛び散りよく刺さったのでな」

半ば茫然とし、櫻井は柴を見つめた。柴は得意げな表情ひとつ浮かべず、黙って峰岡に目を向けていた。

子供のころ鉄砲で撃たれた。戊辰戦争にちがいなかった。会津藩のできごとを、柴が初めて口にした。

吉崎が駆け寄ってきた。峰岡に肩を貸す。櫻井も逆側を支えた。ふたりで峰岡を立たせる。峰岡は唸ったものの、失神せず持ちこたえているようだった。

柴がいった。「日本公使館へ戻ろう」

機関砲の掃射がつづいている。第二防壁を死守する兵士たちのなかに、ナフカ二等卒の小柄な姿があった。モシン・ナガンをかまえ、汗だくで銃撃しつづける。だが長くは観察できなかった。櫻井は吉崎とともに峰岡を支え、街路を南へと下りだした。

南の安全な区域を目指ししばらく歩くと、峰岡が苦しげに告げてきた。「ここでいい。下ろしてくれ」

防壁からはかなり離れ、機関砲の音も少しは小さくなった。兵士たちが駆け抜けていくものの、辺りはいちおう平和が保たれている。櫻井は吉崎に目で合図し、道端で峰岡に腰を下ろさせた。座っているのも辛いのか、峰岡は半身に横たわった。

峰岡は寝そべった状態で、懐から折りたたまれた紙を取りだした。「柴中佐殿」

柴は芦屋とともに、すぐ後ろをついてきていた。しゃがみこんで紙を受けとる。

櫻井はきいた。「なんですか」

辺りはほの暗かったが、柴がランタンに明かりを灯した。文面がかろうじて読みとれた。日本語だった。

柴がため息とともにつぶやいた。「千歩《せんぽ》廊《ろう》近くにいる業者が、日本の打電を受信し

21

ては、公使館に届けてくれる。こんな状況だから旧公使館に届いていると思い、峰岡機関官らに取りに行かせた。案の定だ」

吉崎は眉をひそめた。「でも十一日にはすべての電信線が断たれたって……。無線も中継されていないとのことでしたが」

峰岡が荒い息遣いとともにいった。「断たれる直前に受信したんだ。森義太郎《もりよしたろう》海軍中佐から、柴中佐殿宛の伝言だ」

柴がうなずいた。「森中佐は軍艦笠置《かさぎ》の陸戦隊五十一名を連れ、援軍第一陣に加わっている。援軍はほぼ当初の予定どおり十日の午前十時から、四つの特別列車に分乗し天津を出発したとある。天津を離れてほどなく、線路が破壊されており、修復に入ったところ、義和団約三千の奇襲を受けた」

櫻井は重苦しい気分になった。やはり襲撃はあった。八百人の援軍第一陣に対し、三千人もの紅巾が行く手を阻んだのか。

柴はつづけた。「ホッチキス機関砲で反撃し、死体の山を築いてもなお、紅巾たちは向かってくる……。死をまったく恐れていないらしい。いちおう撃退には成功し、今後夜通し作業して線路を復旧させる見こみとある。進軍の状況についてはそれだけだ」

吉崎が唸った。「その後進んだかどうかわからないんですね。行く先々で線路が壊されてる可能性もある。というより、いまさら八百人が来てもな。そもそも来られないだろうが」

柴の表情が険しくなった。「天津の南郷に、六万人の義和団が集結しているともある」

芦屋が告げてきた。「北京の義和団はもう十万人を超えているかもしれません。永定門を守る清の騎馬兵が、義和団のみに市街地へ入るのを許可しているんです」

峰岡も汗だくでうなずいた。「義和団の奴らは拳法を習った農民だけじゃないんです。無頼漢や無業遊民、兵隊崩れが大挙して加わっています」

柴がつぶやいた。「ルンペンプロレタリアートだ」

吉崎がきいた。「なんですって?」

櫻井は吉崎を見つめた。「無産階級や労働者階級のなかで、革命意欲を失った極貧層のことだ。カール・マルクスが定義づけてる。あらゆる階級のなかのクズ、ゴミ、カス」

「極論だろ」吉崎が顔をしかめた。

「マルクスがそう書いてるんだ。無教養で確たる思想がないため、政治的に変節しやすく、犯罪に走りやすい連中。群れをなした場合、革命運動のように見えても、目的意識が欠如しているのでただの暴徒でしかない」

芦屋が顔をひきつらせていった。「女もいる。あの教会に火をつけたのがそうだ。現場で見た。赤い上着に赤いズボン、頭には赤い髪飾り、赤い提灯《ちょうちん》までぶらさげた女たちだ。義和団の一派らしい。教会の前で線香を焚《た》いて、周りにひれ伏したかと思えば、立ちあがって変な踊りを始めた。紅巾の男たちが教会にいたクリスチャンを殺し、女たちが火を放った」

その女たちのことなら瓦版で読んだ。櫻井はうなずいてみせた。「紅灯照、女だけで構成される義和団の別動隊だ。伝説に基づき、空を飛ぶ術を体得して仙人となり、風を自由に操れると信じている。それによって西欧人の家だけを燃やせる。義和拳の硬気功により、赤い扇子で刀や銃弾を弾きかえせるとも思っている。不死を信じるからには恐怖もない」

吉崎が苦々しい顔になった。「女ってのは夢見がちだが、義和団に入るとそうなっちまうのか」

柴が櫻井を見つめてきた。「芦屋砲術長が目にした紅灯照たちの儀式も、おそらくそれだろう」

「ええ」櫻井は柴を見かえした。「風を操るまじないか何かです。首尾よく火が防壁に燃え移ったので、義和団の興奮に拍車がかかったんです」

一同は沈黙した。機関砲の音がやんだ。教会はほぼ燃え尽きたのか、炎が小さくなっているようだ。東交民巷への延焼が拡大しないうちに、教会の火事が下火になったせいで、義和団の士気が下がったのかもしれない。騒動がおさまりかけている。銃声も散発的になっていた。

とはいえ、とらえどころのない敵に薄気味悪さを禁じえなかった。義和団はやはり軍隊とはちがう。

芦屋がいった。「柴中佐殿。きょう燃えた教会以外にも、東交民巷周辺には複数の教会があります。それらには漢人のクリスチャンが何人かずつ退避していたのですが、いずれも義和団が出入り口を塞ぎ、昼夜問わず見張りを置いています。このままでは随時、犠牲になっていくでしょう」

吉崎がうんざりした顔になった。「気の毒だが仕方がない。漢人のキリスト教徒なんて、どうせ食い物を得るために教会に身を寄せてる連中だろ」

柴は首を横に振った。「そうとは限らない。救出できるものならするべきだ」

「救出ですって?」吉崎がうわずった声をあげた。「一歩も外にでられないのにですか」

峰岡がかすれた声でいった。「柴中佐殿。偵察は……。意味があったんでしょうか」

また沈黙があった。峰岡は切実なまなざしで柴を見つめていた。命を賭したおこないに意義があった、そう信じたがっているのだろう。

柴がうなずいた。「援軍が義和団の奇襲を乗りきったとわかっただけでも、望みを託そうという気になれる。有意義な情報だ」

峰岡の表情が和んだ。目を閉じ小さくうなずいた。

本心ではないのだろう、櫻井は柴の発言についてそう思った。実際には、悪い予感が的中したというべきだった。援軍はやはり義和団の襲撃を受けていた。線路も破壊されている。出発した初日の時点で足止めを食らい、その後のことはわからない。

櫻井は柴にきいた。「乗りきれるでしょうか。いつかわからない援軍の到着まで」

柴の表情は変わらなかった。「私たちしだいだ」

22

翌日、六月十五日の夜。櫻井は柴のもとに呼びだされた。

将校用会議室に集まったのは、池澤と吉崎のほか、愛宕陸戦隊の兵士ばかり十人だった。峰岡や芦屋の姿はない。大尉たちも見当たらず、柴中佐のみが待っていた。

床の一角に敷かれた布には、漢人の市民が着る裾の長い詰襟上着とズボン、涼帽、草鞋《わらじ》。義勇兵らが武器にする日本刀。いずれも複数組ずつ置かれていた。

吉崎が櫻井にささやいた。「これは嫌な予感がするな」

一列に並んだ下士と兵たちの前で、柴が静かに告げてきた。「防衛計画とは別の作戦だ。各国公使のあいだでも、東交民巷周辺の教会の保護について、さまざまな意見がだされている。英米の公使は、漢人のクリスチャンであっても救うべきとの方針だ。私も同意見だ」

室内が静まりかえった。隣りで吉崎がため息をついた。予想通りだな、そういいたげな横顔だった。

柴がつづけた。「ただし義和団は深夜も街じゅうにいる。路上で寝ている者も多い。よって堂々と進軍するわけにはいかない。銃撃もご法度《はっと》になる。圧倒的多数の義和団に囲まれたら、われわれも教会で孤立してしまう。救援など呼べない。東交民巷の警備が手薄になるからだ。なにか質問はあるか」

池澤がきいた。「われわれが選ばれたのはなぜでありますか」

「それなりにでも剣術を習得した経験がある者だからだ。どのみち小銃を手に東交民巷の外を歩けるはずもない。あくまで漢人の市民に変装する前提だ。日本刀は鞘におさめた状態で、上着の下に隠せる。それが唯一の武器だ」

櫻井は柴を見つめた。「刀で交戦しても、深夜の静けさでは辺りに気づかれると思います。奴らは奇声を発しますし」

「教会の見張りに悟られないよう忍び寄り、救出の障害になる敵のみを迅速に片付ける。芦屋砲術長らの話では、ひとつの教会につき礼拝堂の入り口にふたり、なかにもうふたりいる。救出した信者たちは東交民巷に連れ帰れ」柴はデスクの引き出しを開け、写真を六枚取りだした。「目標となる教会は三ヵ所。写真師の山本君が以前に撮った。それぞれの建物の正面と内部だ。よく見ておけ」

櫻井はきいた。「われわれが外へでたとして、義和団に怪しまれないでしょうか」

柴が別の引き出しを開け、黒い縄の束らしき物をデスクに置いた。

思わず絶句した。縄ではない。三つ編みの髪が十数本束ねてある。長さはすべて、漢人の背に垂れた辮髪そのものだった。

それらを並べながら柴がいった。「片方の端を朝帽の内側に貼りつけろ。かぶれば辮髪に見える」

陸戦隊の兵士らが顔を見合わせた。どの表情も硬い。同感だと櫻井は思った。これらの辮髪は、御河の河川敷に倒れていた死体から切りとったのか。ほかに入手元は想像がつかない。

柴が一同を見渡した。「いいか。こんな物をかぶったとしても、西欧人では漢人に化けられない。われわれでやるしかない。他国の公使にもそのように説明した。いま三人の大尉は所定の持ち場を離れられない。きみらの代わりはいない。しっかり頼むぞ」

はい。全員で声を張り応じた。いつものことだがこの瞬間だけは、迷いが吹っきれた気がする。数秒後にはまた複雑な思いがこみあげるのだが。

柴がうなずいた。「二三〇〇決行だ。準備しておけ」

みな直立不動の姿勢から動きだす。ざわつきながら日本刀や涼帽を選びにかかる。柴がドアへ向かっていった。

いま尋ねておきたいことがある。櫻井は退室した柴の背を追いかけた。

廊下はひっそりと静まりかえっている。櫻井は声をかけた。「柴中佐殿」

柴が立ちどまり振りかえった。

「あのう」櫻井は歩み寄った。「先日、太刀筋を拝見しまして、見慣れない流派だと……。恐縮ですがご教授願えませんでしょうか」

「流派などにこだわらなくていい。出撃まで時間もない。馴染んでるやり方で戦え」

「はい。でも柴中佐殿の剣さばきは、実戦的で素早くて、ひょっとして御留流の一刀流溝口派ではないかと」

柴が微笑した。「御留流などというものはありえんよ。そもそも他流の人間に剣術の技を披露することなどない」

「でももし会津藩の一刀流溝口派だとすると、戊辰戦争のせいで伝承者がいなくなり……。失伝した技も多いとききます」

「なぜ一刀流溝口派だと思う？」

「滑らせるような小刻みの足さばきが特徴だと、当時を述懐した人の著作にあったので」

柴の顔から笑いが消えていった。まっすぐに櫻井を見つめていった。「斬りかかってこい」

櫻井は戸惑った。「刀をお持ちでないですが……。自分も持っておりません」

「手刀を使えばいい。太刀筋を再現してみろ」

いっそう妙な気分になったものの、櫻井はいわれたように右腕で手刀をつくり、剣術のとおり正面打ちで襲いかかった。

次の瞬間、柴は素早く櫻井の右側にまわり、手首と上腕をつかんだ。柴が左脚を軸に右脚を後方へ引き身を翻す。櫻井は突っ伏し、目の前には床があった。

櫻井はあわてて上半身を起こした。柴が力をこめたようすはない。にもかかわらず容易にねじ伏せられてしまった。全身には痺れるような痛みが走っている。

「いまのは?」櫻井はあわてて立ちあがった。「柔術の一種ですか」

「いや」柴は息ひとつ乱れていなかった。「剣術の応用だ。剣を握ったら左腕は曲げるな。切っ先を生かせ。左足を鍛えろ。遠い間合いから斬りこむ場合でも、左足で踏みこめ。そのほうが太刀先も伸びる。足さばきは踵《かかと》を用い、腰を上下させるな。先に中心をとり、正中線に斬りこめ。会津の武士はそうしていた」

重い衝撃がじわりとひろがる。櫻井はつぶやいた。「やはり会津藩の流派だったんですね」

「私は日新館の外で、見様見真似《みようみまね》で学んだだけだ。いちばん上の兄は詳しかった」

「会津魂を受け継いでおられるのですね」

柴がまた微笑した。ごく自然な笑いだった。「会津魂などと、会津の人間がいっているところをきいた覚えはない。きみらからすれば、旧態依然たる武士道の権化かもしれないな。だがそこまで堅苦しいものではないよ」

「会津藩のご出身で、陸軍士官の道を歩まれるとは、相当なご苦労がおありだったのでしょう」

「みんなそういいたがるようだ」

「斗南藩の過酷な暮らしから、よく陸軍幼年学校へ……」

柴が片手をあげて制した。「ちょうど開校したところだった。当時の陸軍はフランスを手本にしていたから、授業もすべてフランス語でね。のちにドイツを参考にするようになったが、あれはよくない。どこか物質的なものよりも精神的なものに優位性を認めるところがある」

「物質より精神……ですか」

「精神力を集中的に駆使することにより、物質的諸事象を統御できるという考え方が、ドイツ陸軍には顕著だ。学ぶべきではないと思う」

櫻井は少しばかり戸惑った。柴の指摘したドイツ陸軍の欠点とはすなわち……。

柴はまるで見透かしたかのようにいった。「武士道。会津魂。そのあたりとどうちがうのかと、疑問に思ったろう」

「はい。あのう、いえ……」

「否定しなくていい。いままではそのようにとらえられても、やむをえないことだ。こう言い換えよう。孫子《そんし》の兵法は？」

「敵を知り己れを知れば百戦危うからず、というやつですか」

「誤りだ。敵を知り己れを知り、敵と己れを除くすべてを知れば、百戦危うからず」

櫻井は思わず苦笑した。「森羅万象を理解しきらなければ勝てないとなると、これは難題ですね」

「そうだ。勝ちの法則をさだめるのは、それほど難しいことだ。なにもかも悟ったようで、わかっていないことがある。それが敗北につながる。精神力で無知は補えない。会津藩に生まれた私がいうと、おかしくきこえるか」

「いえ。そんなことは」

「武士の時代、日本人はどの藩だろうとあまり変わらなかった。我慢強く、謙虚で、情け深く、潔い。会津藩も同じだ。だが戦に負ければ賊軍となる。官軍により本質すら歪んで定義づけられる」

柴の声は穏やかな水面に生じた波紋のように、櫻井の心を波打たせた。いま未知の叡智《えいち》に触れている、そんな実感があった。

わずかに語気を強め、柴が告げてきた。「よく覚えておくことだ。戦をするなら勝て。官軍になれ。賊軍は貶《おとし》められる運命だ。官軍は戦を正当化する。賊軍は信念を誤り滅ぼされるべき者たちだった、そう烙印《らくいん》を捺《お》される。だから勝て。しかし万が一にも、敗北に至った場合は……」

「はい。そのときは潔く」

「生き延びろ。そして誇りを忘れるな。自分のなかにある真実を、戦場から持ち帰れ」

衝撃的なひとことだった。武士道とは、いかに死すべきかを考えることではなかったのか。敗北したのであれば、それ以外に選択の余地はないはずだ。陸軍でもそう教わってきた。

櫻井の感情は高音を保った。血液の熱い循環が一瞬にして身体じゅうに漲り、それが急速に冷め、落ち着きがひろがっていく。そんな感覚の変移があった。

思わず涙さえ滲みそうになる。それはずっと上官からいわれたいと願っていた言葉だった。すべての仲間に打ち明けたかった思いでもあった。柴の発言によって、偽らざる自分の心に気づかされた。

いくらか時間がすぎた。柴は穏やかな表情に戻っていた。「いまの話を私からきいたと、他人にはいわないでくれるか。剣術についてもだが」

櫻井は面食らった。「なぜですか?」

「私は人を鼓舞したり、あれこれ指導したりするのは苦手でね。そんなことができる人生も送ってきていない」

とんでもない。櫻井は否定しようとしたものの、言葉を詰まらせた。柴のなにげない表情のなかに、憂いに満ちたまなざしを見たからだった。

思いを汲みとらねばならない。柴にとって人生とは、想像を絶するほど重いものにちがいなかった。誰にも伝えられないと柴はいった。理由はまだよくわからない。だが受けいれねばならない。

柴が命じてきた。「櫻井伍長、準備をしろ。私も着替えてくる」

妙に思って櫻井はきいた。「着替えるとは?」

「私も行くんだよ。教会の救出に」

櫻井は衝撃を受けた。あわてて直立不動の姿勢をとる。「恐縮ですが、柴中佐殿は駐在武官殿であられると同時に、防衛計画の総指揮官であられます。このような危険な任務は、自分たちにおまかせください」

「いい覚悟だ。きみを見ていると、かつての兄たちを思いだす」柴は静かにいった。その目つきが鋭さを増した。「敵と己れ以外を知るために最前線にでる。でなければいかに地図を精密に描こうとも、作戦は机上の空論にすぎん。わかってくれるな？」

はい。櫻井は声を張った。またこういう問いかけだ。はいといわざるをえない。

柴は微笑とともに背を向けた。立ち去る後ろ姿が威風に満ちていた。

やはり変わった人だと櫻井は思った。武勲を誇ろうとしないどころか、自身の貢献を頑なに伏せようとする。なぜだろう。なにか深い意味が隠されている気がしてならない。

東交民巷にも不可解が渦巻く。内通者はナフカか否か。ケットレルの手もとに、なぜ櫻井が未見の瓦版があったのか。なにが書かれているのか。

だが、真実を知る余裕が今後あるだろうか。

十万ともいわれる義和団が北京を埋め尽くしている。清正規軍の後ろ盾もある。いまや大陸全土が列強への憎悪と敵愾心に満ちている。そんななか、帝都にまるで飛び地のように存在する孤立無援の街が、櫻井にとって世界のすべてだった。南北八百二十二メートル、東西九百三十六メートル。西欧人と日本人あわせて九百二十余名。各国軍隊と義勇兵が四百二十余名。

櫻井は目を閉じた。いつの間にこんな状況に陥ってしまったのだろう。ここは全世界を巻きこむ戦争の最前線だった。生きて帰れるとは到底思えない。どうすれば一日でも長く生き延びられるのか。

すでに大勢の敵を死に至らしめた。家族もいただろう。銃剣を刺した瞬間の悲鳴が耳にこびりついて離れない。だが義和団は罪もないキリスト教徒や公使館職員を殺した。

この両手は血にまみれている。罪を背負って生きる時点で同じ境遇かもしれない。殺《や》らなければ殺られる。いま自分を突き動かすものはそれだけなのか。考える時間はない。

東交民巷の外へでる。義和団が跋扈する敵陣で、孤立無援の十一人となる。漢人のクリスチャンを救出し、無事帰還を果たせるだろうか。

目を開いた。誰もいない廊下、死と隣り合わせという現実が苦悩にとって代わっていく。小銃の槓桿を操作する音がきこえた。味方が出撃準備に入っている。踵をかえしドアへ向かいだした。たったひとつだけ明確な事実がある。撃たない銃は当たりはしない。

（下巻に続く）

本書は講談社文庫のために書下ろされました。

|著者| 松岡圭祐　1968年、愛知県生まれ。デビュー作『催眠』がミリオンセラーになる。代表作の『万能鑑定士Q』シリーズと『千里眼』シリーズ（大藪春彦賞候補作）を合わせると累計1000万部を優に超える人気作家。『万能鑑定士Q』シリーズは2014年に綾瀬はるか主演で映画化され、ブックウォーカー大賞2014文芸賞を受賞し、2017年には第2回吉川英治文庫賞候補作となる。累計100万部を超える『探偵の探偵』シリーズは2015年に北川景子主演でテレビドラマ化された。両シリーズのクロスオーバー作品『探偵の鑑定』（Ⅰ・Ⅱ）を2016年春、『Q』シリーズの完結巻『万能鑑定士Qの最終巻　ムンクの〈叫び〉』を2016年夏、ともに講談社文庫より刊行した。2015年秋より刊行が開始された『水鏡推理』シリーズは6巻を数える。著書には他に『ジェームズ・ボンドは来ない』『ミッキーマウスの憂鬱』などがある。

黄砂《こうさ》の籠城《ろうじよう》（上）

松岡圭祐《まつおかけいすけ》

Ⓒ Keisuke MATSUOKA 2017

講談社文庫

定価はカバーに
表示してあります

2017年4月14日第1刷発行

発行者――鈴木　哲

発行所――株式会社　講談社

東京都文京区音羽2-12-21　〒112-8001

電話　出版（03）5395-3510
　　　販売（03）5395-5817
　　　業務（03）5395-3615

Printed in Japan

地図制作―mapnist

デザイン―菊地信義

本文データ制作―講談社デジタル製作

印刷―――大日本印刷株式会社

製本―――大日本印刷株式会社

落丁本・乱丁本は購入書店名を明記のうえ、小社業務あてにお送りください。送料は小社負担にてお取替えします。なお、この本の内容についてのお問い合わせは講談社文庫あてにお願いいたします。

本書のコピー、スキャン、デジタル化等の無断複製は著作権法上での例外を除き禁じられています。本書を代行業者等の第三者に依頼してスキャンやデジタル化することはたとえ個人や家庭内の利用でも著作権法違反です。

ISBN978-4-06-293634-7

講談社文庫刊行の辞

二十一世紀の到来を目睫に望みながら、われわれはいま、人類史上かつて例を見ない巨大な転換期をむかえようとしている。

世界も、日本も、激動の予兆に対する期待とおののきを内に蔵して、未知の時代に歩み入ろうとしている。このときにあたり、創業の人野間清治の「ナショナル・エデュケイター」への志を現代に甦らせようと意図して、われわれはここに古今の文芸作品はいうまでもなく、ひろく人文・社会・自然の諸科学から東西の名著を網羅する、新しい綜合文庫の発刊を決意した。

激動の転換期はまた断絶の時代である。われわれは戦後二十五年間の出版文化のありかたへの深い反省をこめて、この断絶の時代にあえて人間的な持続を求めようとする。いたずらに浮薄な商業主義のあだ花を追い求めることなく、長期にわたって良書に生命をあたえようとつとめるところにしか、今後の出版文化の真の繁栄はあり得ないと信じるからである。

同時にわれわれはこの綜合文庫の刊行を通じて、人文・社会・自然の諸科学が、結局人間の学にほかならないことを立証しようと願っている。かつて知識とは、「汝自身を知る」ことにつきていた。現代社会の瑣末な情報の氾濫のなかから、力強い知識の源泉を掘り起し、技術文明のただなかに、生きた人間の姿を復活させること。それこそわれわれの切なる希求である。

われわれは権威に盲従せず、俗流に媚びることなく、渾然一体となって日本の「草の根」をかたちづくる若く新しい世代の人々に、心をこめてこの新しい綜合文庫をおくり届けたい。それは知識の泉であるとともに感受性のふるさとであり、もっとも有機的に組織され、社会に開かれた万人のための大学をめざしている。大方の支援と協力を衷心より切望してやまない。

一九七一年七月

野間省一

秋元 康　伝 染 歌
浅田次郎　日輪の遺産
浅田次郎　勇気凜凜ルリの色
浅田次郎　勇気凜凜ルリの色 四十肩と恋愛
浅田次郎　地下鉄《メトロ》に乗って
浅田次郎　霞町物語
浅田次郎　勇気凜凜ルリの色 福音について
浅田次郎　勇気凜凜ルリの色 満天の星
浅田次郎　ひとは情熱がなければ生きていけない〈勇気凜凜ルリの色〉
浅田次郎　シェエラザード(上)(下)
浅田次郎　歩兵の本領
浅田次郎　蒼穹の昴 全4巻
浅田次郎　珍妃の井戸
浅田次郎　中原の虹(一)(二)
浅田次郎　中原の虹(三)(四)
浅田次郎　マンチュリアン・リポート
浅田次郎　天国までの百マイル
浅田次郎 原作 ながやす巧 漫画　鉄道員《ぽっぽや》/ラブ・レター
青木 玉　小石川の家

青木 玉　帰りたかった家
青木 玉　上り坂下り坂
青木 玉　底のない袋
青木 玉　記憶の中の幸田一族〈青木玉対談集〉
芦辺 拓　時の誘拐
芦辺 拓　怪人対名探偵
芦辺 拓　時の密室
芦辺 拓　探偵宣言〈森江春策の事件簿〉
浅川博忠　小説角栄学校
浅川博忠　小説池田学校
浅川博忠　「新党」盛衰記〈新自由クラブから国民新党まで〉
浅川博忠　自民党幹事長〈三百億のカネ、八百のポストを握る男〉
浅川博忠　小泉純一郎とは何者だったのか
浅川博忠　政権交代狂騒曲
荒 和雄　預金封鎖
阿部和重　アメリカの夜
阿部和重　グランド・フィナーレ
阿部和重　ABC〈阿部和重初期作品集〉
阿部和重　ミステリアスセッティング

阿部和重　IP/NN 阿部和重傑作集
阿部和重　シンセミア(上)(下)
阿部和重　ピストルズ(上)(下)
阿部和重　クエーサーと13番目の柱
阿川佐和子　あんな作家こんな作家どんな作家
阿川佐和子　恋する音楽小説
阿川佐和子　いい歳旅立ち
阿川佐和子　屋上のあるアパート
阿川佐和子　マチルデの肖像〈恋する音楽小説2〉
麻生 幾　加筆完全版 宣戦布告(上)(下)
麻生 幾　奪還
青木奈緒　うさぎの聞き耳
青木奈緒　動くとき、動くもの
赤坂真理　ヴァイブレータ 新装版
赤尾邦和　イラク高校生からのメッセージ
浅暮三文　ダブ(エ)ストン街道
安野モヨコ　美人画報
安野モヨコ　美人画報ハイパー
安野モヨコ　美人画報ワンダー

2017年3月15日現在

超人気作家、乾坤一擲《けんこんいってき》の
歴史エンタテインメント
——東えりか（書評家）

とにかく面白い。
これぞ、驚愕の近代秘史！
——細谷正充（文芸評論家）

黄砂の籠城

下

日本は世界の先陣を切って漢人キリスト教徒の救出を試みたが、
清朝の西太后《せいたいこう》は宣戦布告を決断し、
公使館区域からの24時間以内退去を通告する。
沿岸部からの援軍も到着せず、二十万人の義和団と清国軍の前に
四千人の外国人とキリスト教徒の命は風前の灯火《ともしび》となる。
誇り高き日本人必読の歴史エンタテインメント。

定価：本体640円（税別）
ISBN978-4-06-293677-4